그 바닷속
고래상어는
어디로
갔을까

그 바닷속 고래상어는 어디로 갔을까

초판 1쇄 발행   2021년 2월 15일
초판 2쇄 발행   2021년 3월 30일

지은이   김기준
사진   최성순
펴낸이   김상철
발행처   스타북스
등록번호   제300-2006-00104호
주소   서울시 종로구 종로 19 르메이에르종로타운 B동 920호
전화   02) 735-1312
팩스   02) 735-5501
이메일   starbooks22@naver.com
ISBN   979-11-5795-577-0 03810

seestarbooks 015

한국 최초
水中 에세이
水中 시집

그 바닷속
고래상어는
어디로
갔을까

김기준 지음
최성순 사진

스타북스

바다의 속살과 그 속에 감추어진
생명들을 만났습니다

잠수(Scuba diving)를 시작한 지 어언 20여 년이 되었습니다.

마취제가 쥐 심장 근육 수축에 미치는 영향에 대한 연구를 하던 어느 토요일 오후, 인터넷 검색 도중 우연히 발견한 '질소 마취'. 수심 40미터 이상 잠수를 하면, 공기통 속의 질소에 의해 마취 상태에 이를 수 있다는 것이었습니다.

높은 압력 상태에서 어떻게 질소가 마취를 일으킬까? 공기의 80%는 질소인데, 육상에서는 왜 마취가 되지 않는 것일까?

마취과 의사의 머리를 흔들어 놓았던, 나른했던 이맘 때 봄날의 오후였습니다. 당장 강습을 예약하고, 일사천리로 교육을 받은 후, 한 달 후에 내 손에 쥐어졌던 잠수 자격증.

그 후 기회가 되는 대로 세계의 수많은 바다를 떠돌았습니다. 바다의 속살과 그 속에 감추어진 생명들을 만나왔습니다. 언제부터인가 이들에 대한 시가 쓰고 싶어졌습니다. 바닷속 생명들을 세심히 관찰하고 그들과 공감하며 진심으로 교감하였습니다. 낯선 환경에 내 몸과 마음을 온전히 맡겨, 이윽고 자연과 우주의 아득함을 체득하고 보니, 비로소 내 삶도 다르게 보이기 시작하였습니다. 이렇게 나는 나만의 바다를 만난 것이지요.

몇 해 전, 폭풍우가 몰아치는 인도네시아의 바다 위에서 '촌놈' 둘이 운명처럼 만났습니다. 맥주 두서너 캔. "야! 임마 오늘부터 친구 하자." 참 귀하지 않니. 저 물결처럼 마냥 흐르다 또 흐르다 이윽고 닿은 리프. 산호들이 활짝 꽃을 피운 라자암팟. 이 바다가 맺어준 인연. 우리 가끔 파도치는 세상에서 만나 술 한 잔 나누자. 삶의 깊은 바다를 헤매다 우연히 만나도 서로의 숨결을 지켜주는 버디가 되자.

이렇게 나는 수중사진 작가 성순이를 만났습니다. 그 끝이 어디인지, 깊이를 알 수 없는 삶의 바다에서 바람과 파도를 함께 할 귀한 동지를 얻은 것이지요.

"너는 사진을 찍어라. 나는 시를 쓸게." 2017년 3월부터 매달 'Travel & Magazine, ScubaNet'에 저의 수중 시와 최성순 작가의 수중사진을 실어 왔습니다. 또한 2018년 2월부터 매달 시전문지 '월간시'에 수중 환경과 그 속의 생명에 대한 수필과 시, 그리고 최성순 작가의 사진을 연재하여 왔습니다.

돌아보니, 삼 년의 시간이 훌쩍 지나갔습니다. 이제 그동안의 글과 사진들을 모아 책으로 묶습니다.

지금 우리가 살고 있는 이 행성의 바다는 많이 아픕니다. 지구온난화, 쓰레기 해양투기와 해양오염, 무분별한 해양생물 남획 등. 우리의 끊임없는 욕망과 탐욕이 그 원인입니다.

바다는 절규하고 있습니다. 제발, 제발 조금만 줄여 주세요. 조금만 멈추어 주세요. 조금만 더 생각해 주세요. 다름 아닌, 당신들을 위하여. 당신들의 후손들을 위해서. 바다가 없으면 인류도 없습니다.

이 책이 바다와 바다가 키우는 생명들을 위해 조금의 도움이라도 될 수 있다면, 저는 더 이상 바라는 것이 없습니다. 그리고 참으로 행복할 것입니다. 우리 모두 한 마음 한 뜻으로 모든 생명의 고향, 소중한 바다를 지켜나가요. 그럼. 자, 약속.

오랜 시간, 귀한 지면을 허락하신 'Travel&Magazine, ScubaNet'과 '월간시', 그리고 이 책의 출판을 위해 수고하신 모든 분들께 고맙다는 말씀 올립니다.

이백여 년 전, 『자산어보(玆山魚譜)』의 서문을 통하여 수중시를 향한 영감과 깊은 가르침을 주신 정약전(丁若銓) 선생님께 이 책을 바칩니다. "후세의 시인들이 이 책을 잘 활용하면, (수중생물에 대하여) 비유를 통해 자신의 뜻을 드러낼 수가 있고, 새롭게 표현할 수도 있을 것이다."

닫히고 편협한 마음을 깨우는, 맑고도 신선한 새벽 종소리입니다.

어머니 바다여! 진심으로 사랑합니다.

2021년 청아한 바람이 부는 봄이 오는 날
별을 헤며 서재에서

초하 김기준

CONTENTS

CONTENTS

CONTENTS

4 바다에 도전하세요

—— 위기에 빠진 바다 환경과 그 속에 사는 생명들의 실태를 알리고, 이들을 지키고 보호하자는 순수한 목적으로 쓴 수중 시와 산문집으로, 어떤 특정 단체와 이해관계가 없습니다.

—— 본문에 수록한 이미지는 오랫동안 저자와 스킨스쿠버 여행을 함께 한 사진작가 최성순(ScubaNet 대표)이 직접 촬영한 사진들입니다. 촬영한 곳은 한국, 필리핀, 인도네시아, 몰디브, 팔라우, 멕시코, 코코스(코스타리카), 갈라파고스(에콰도르) 등입니다.

—— 바닷속 생명들과 환경에 대한 수중 산문과 수중 시, 내용을 뒷받침하는 수중사진으로 구성되어 있습니다. 산문과 시는 김기준, 사진은 최성순, 임완호(하늘을 나는 만타 사진), 서봉진(엑시구아), 정상근 교수(바닷속 거품 사진)가 촬영하였습니다.

──── 글은 함께 여행한 스텝들이 전해주는 이야기와 현지 다이빙 사무실과 보트에 비치되어 있던 많은 책과 잡지들, 인터넷에 있는 자료 등을 참고하되 저자의 주관적인 생각이 다소 포함되어 있습니다.

──── 그밖에 글을 쓸 때마다 내가 사랑하는 '바다 형제들'(오경철, 김구, 박세화)과 김성범 강사의 조언이 큰 도움이 되었습니다.

1

생명의 바다

태양의 아이

몰라 몰라

멀고도 험한 바다 태평양 동쪽 끝, 남아메리카 갈라파고스, 이사벨라 섬. 서태평양에서 온 차가운 물기둥, 크롬웰 해류가 섬을 만나 용솟음치는 곳. 플랑크톤을 따라 온갖 생명이 붐비는 곳. 이곳에서 만난 귀한 아이, Mola mola를 소개합니다. 우리말로는 개복치라 하고, 영어로는 Sun fish라 불립니다. 그렇게 불리는 정확한 이유는 아무도 모릅니다.

가끔 수면에서 옆으로 드러누워 일광욕을 하는 모습이 관찰되기도 하는데, 배 위에서 보면 그 모습이 태양을 닮아 있기도 합니다. 몸에 있는 기생충을 떼어내려 하거나 체온을 높이려 하는 행동으로 추측됩니다.

저는 개인적으로 이 친구를 '태양의 아이'라 부릅니다. 거의 원형에 가까운 타원형 몸매를 가지며, 최대 크기는 4미터 정도, 몸무게는 거의 2톤에 이릅니다. 등은 푸른빛이 감도는 회

색 빛깔이며, 배는 은빛으로 반짝입니다. 앵무새 부리를 닮은 입, 작지만 맑은 눈동자, 앙증맞은 아가미구멍 등이 특징입니다. 등지느러미와 배지느러미로 뒤뚱뒤뚱 유영을 하는데, 참 귀엽습니다. 저 큰 덩치가 완전 귀요미이지요. 처음 만나 한눈에 빠져 버렸어요. 맑고도 순진한 저 눈 속에.

왜냐구요? 나도 모르겠어요. 몰라 몰라.

몰라 몰라

이사벨라 섬, 푼타 빈센트 로카
깊고도 찬 바다에서 만난
은빛 개복치, 해를 닮은 아이

위에서 보면 날씬한 범선
등에는 바람 돛, 배에는 물돛
작은 가슴 날개와 앙증맞은 아가미 구멍
조금씩 사라져 버려 뭉툭한 꼬리 방향타
뒤뚱뒤뚱 그러나 누구보다 아름다운 항해

내가 처음 너를 만났을 때
나는 이미 빠져 들었어
맑고도 깊은 눈
부끄럼 많은 너에게

왜 그런지, 나도
몰라 몰라

바닷속에서 연을 날리다

점박이 매가오리

어릴 적 연날리기를 해 보신 적이 있나요?

코끝이 시린 겨울날, 바람이 쌩쌩 부는 들판에서, 친구들과 어울려 연을 날리던 기억이 아직도 생생합니다. 대나무로 살을 만들고, 창호지를 오려 붙인 다음, 긴 꼬리를 달아 주었지요.

풀죽을 끓인 다음, 유리를 갈아 연실에 가미를 먹인 나의 가오리연은 단연 연싸움의 왕이었습니다. 정월 대보름날 저녁에 아버지가 써 주신 송액영복(送厄迎福) 네 글자를 실은 나의 연은 하늘 높이 날아올라 멀리멀리 사라져 갔었지요.

이 가오리연을 생각하게 하는 아름다운 물고기가 바닷속에 있습니다. 참으로 우아하고 흠 하나 없는 몸 움직임. 바다를 유영하는 모습은 영락없이 하늘을 나는 매를 닮았습니다. 바다 밑바닥에 모래를 덮고 숨어 있는 다른 가오리와는 다르게, 탁

트인 바닷속을 훨훨 날아다니기를 좋아합니다. 가끔 상어와 같은 적을 만나면, 하늘을 향하여 몇 미터씩 뛰어오르기도 하고 배 위로 올라오기도 합니다.

이 아이들은 마름모꼴 몸체이고 몸보다 더 긴 꼬리를 가졌으며, 두텁게 돌출된 머리가 특별합니다. 거위의 부리를 닮은, 길고 납작한 주둥이로 문어 같은 연체동물이나 게, 새우 같은 갑각류, 조개류 등을 주로 먹고 삽니다. 등에 있는 무늬가 특이한데요. 회갈색, 검정색 등에 하얀 점들이 박혀있는데, 종마다 이 무늬의 형태가 독특하다고 합니다. 눈처럼 하얀 배의 가장자리와 지느러미는 검은 테를 두르고 있는데, 밑에서 보면 마치 꼬리를 길게 늘어뜨리고 하늘을 나는 가오리연, 소망과 사랑을 하늘에 전해주는 천사를 닮았습니다.

몇 년 전, 바닷속에서 이들을 만났을 때, 순간 어릴 적 정월 대보름에 날려 보냈던 가오리연이 생각났습니다.

아무쪼록 독자 여러분들께서도 올 한 해 건강하시고 행복하시길요. 둘도 없는 저의 바다 친구이자 수중사진 전문가인 성순이와 제가 항상 응원할게요. 저 아득한 바다처럼 아름다우시길. 멋진 한 해 만드세요.

점박이 매가오리

정월 대보름
푸르고 맑은 바다

무리지어 날고 있는
매가오리 이글레이

회갈색인지 검정색인지
등에는 하얀 둥근 테 무늬

배 쪽에 있는 아가미와 입은
영락없는 천사의 얼굴

이름 그대로
물살을 가르는 창공의 가오리연

바람을 타는 날개 위에
송액영복(送厄迎福)
네 글자 적어
먼 바다로 실어 보낸다

올 한 해 바다를 사랑하는 모든 이들
온갖 재앙 멀리 하시고
복 많이 받으시기를

아름다운 변태 과정
넙치

납작하고도 넓은 몸을 가진 물고기를 소개합니다. 아마도 많은 분들이 횟감으로 가장 많이 좋아하는 일명 광어(廣魚)에 대하여 이야기하려 합니다. 아시는 것과 같이 눈이 한쪽으로 쏠려 있는 것이 가장 큰 특징입니다. 눈이 있는 쪽은 암갈색 바탕에 우유 빛깔의 둥글고 작은 반점들이 흩어져 있으며, 눈이 없는 쪽은 하얀색의 밝은 피부로 되어 있습니다. 간혹 눈이 없는 쪽에, 흑갈색의 얼룩덜룩한 무늬가 있는 놈이 발견되는데, 이는 거의 양식장에서 탈출한 녀석이라고 보시면 됩니다.

바닷속에서 넙치를 만나고 난 후, 물 밖으로 나오면 다이버끼리 항상 갑론을박을 하게 됩니다. 광어냐, 도다리냐? 이를 한꺼번에 정리하는 말이 있죠. 바로 좌광우도. 위턱과 아래턱이 만나는 선을 위로, 배지느러미를 아래로 가게 두었을 때, 머리와 눈이 왼쪽으로 가 있으면 광어, 오른쪽으로 가 있으면 도다리.

그러나 예외가 없는 법칙이 없죠. 애매한 모습에는 애매한 이름이 붙는 법. 일명 담배도다리라 불리는 오리지널 도다리는 요즘 시장에서 거의 찾아보기 힘듭니다. 당연히 눈은 오른쪽으로 돌아가 있습니다. 도다리 세꼬시에 자주 사용되는 강도다리는 눈이 쏠리는 방향이 광어와 같은데, 대량 양식되며, 횟집에서 많이 볼 수 있습니다. 도다리 쑥국의 재료가 되는 문치가자미는 눈이 오른쪽으로 돌아가 있는데, 일명 '참도다리'라 불리며 횟집에서 팔리고 있습니다.

아마도 양식이 어려워 이런 이름이 붙은 것으로 추정됩니다. 미국 캘리포니아나 알래스카 해안에서 발견되는 넙치(halibut)의 절반 정도는 눈이 왼쪽으로, 절반 정도는 오른쪽

으로 쏠려 있다고 하는군요. 아마도 우리의 눈이 어두워 그들의 이름을 제대로 불러주지 못하고 있는 것이겠지요. 우리들의 언어가, 인간의 시각이 그만큼 한계가 있다는 것이겠지요.

이런 가자미목 물고기들, 특히 넙치의 변태 과정은 최근의 연구에 의해 많이 밝혀졌습니다. 갓 태어난 넙치는 다른 물고기와 똑같은 모습으로 바다 속을 헤엄쳐 다니는데, 부화 후 20~25일 지나면서 몸의 형태가 성체의 모습으로 점차 변태를 합니다. 처음에는 내장이 돌아가고, 뼈가 돌고, 목이 돌고, 30~40일이 되면, 이윽고 눈이 돌아갑니다.

유전체 시퀀싱 결과, 오랜 진화과정에서 빛과 중력, 내부 장기의 변화, 피부 및 연골의 변화 등에 관련하여, 적극적으로 유전체를 변화시켜 왔음이 밝혀졌습니다. 창조론자들이 진화론자들을 공격할 때 예로 들 정도였던 참 신비한 물고기인데, 일반 물고기와 넙치의 중간 위치에 눈이 달린, 약 5,000만 년 전의 넙치 조상의 화석이 발견됨으로써 진화론에 한껏 힘이 실리기도 했었지요.

바다 깊은 곳에서 만나는 넙치의 모습 또한 정말 신비합니다. 주위 환경에 따라 카멜레온처럼 몸 색깔을 바꾸기 때문에 초보자들은 쉽게 찾지 못합니다. 그런 자신감 때문인지, 곁에 다가가도 두 눈만 깜빡일 뿐 잘 도망가지 않습니다. 랜턴에 비친 넙치의 등짝에서, 저는 별이 반짝이는 우주를 생각하곤 합니다. 인간의 시간과 사고 또한 얼마나 보잘것없는지요. 아! 하나 더 생각이 났네요. 넙치가 꼬리날개를 팔랑거리며 날아가는 모습도 장관입니다. 특히 사랑하는 이와 함께 춤을 출 때. 봄이 오고 있습니다. 사랑을 부르는.

초례(醮禮)

봄바람 휘날리는 욕망의 바다

눈이 맞은 넙치 한 쌍
자그마한 신랑이 덩치 큰 신부를 업고
어허둥둥 내 사랑아
너울너울 덩실덩실
물결 같은 춤을 추다

우리 만나 한이 없네
하늘로 날아갈 듯
죽어도 좋을 듯
온몸을 비비며 부르르 떨 때

문풍지 뚫는 소리
온 바다에 가득하고

생명은 넘실넘실
온 바다에 퍼져가고

광어(廣漁)

여느 물고기와 같이

깊은 바다를 헤엄치다가

문득 쏟아지는 별들이 보고 싶어

옆으로 누워 보았더니 불편도 하고

반짝이는 별들이 슬퍼 보이기도 하여

이마를 찡그려 나머지 한쪽 눈을 당기던

어느 날 내장이 틀어지고 근육이 찢어지고

등뼈가 돌아가고 고개가 꺾이더니

마침내 입과 턱이 돌고 눈도 돌아

바다 밑에서 가만히 엎드려

별을 볼 수 있게 되었다

하늘도 가만히 있기에는 미안하고

참 고맙기도 해서 그 인고의 등짝 위에

반짝반짝 아기별들 내려주었다

하늘을 나는 꿈을 꾸지요
모블라레이

인류가 하늘을 나는 것은 고대로부터의 꿈이었습니다. 나 역시 그 꿈에 도전하기 위하여 패러글라이딩을 배웠으며, 가끔씩 즐기고 있습니다. 산 정상에서 날개를 펴고 하늘로 가볍게 날아오른 다음, 상승기류를 타고 매처럼 빙빙 돌며 더 높은 창공으로 솟아오르거나, 가볍게 미끄러져 내려올 때, 마치 한 마리 새가 된 듯 말로는 다 표현할 수 없는 짜릿함과 흥분을 느낍니다.

혹시 하늘을 나는 꿈을 가진 물고기 이야기를 들어 보셨나요. 멕시코 본토와 바하칼리포르니아 반도 사이에는 코르테스해라 불리는 큰 바다가 있습니다. 온갖 해양 생물의 보고입니다. 이 바다에 사는 멋진 모블라레이(Mobula mobular)가 바로 그 주인공입니다.

　모블라레이는 만타레이와 비슷하게 마름모꼴 몸매와 꼬리, 가슴 날개를 가졌지만, 그 크기는 훨씬 작습니다. 입 앞쪽으로는 툭 튀어나온 뿔을 닮은 머리 지느러미 한 쌍이 있는데, 먹이인 플랑크톤이나 작은 갑각류 등을 입으로 모으는 깔때기 같은 역할을 합니다. 위쪽 등 부분의 색깔은 검은색이나 암청색이며, 아래쪽 배 부분은 하얀색 또는 엷은 노란색을 띠고 있습니다. 이들은 대개 흩어져서 생활하다가, 특정한 시기(5·6월)가 되면 몇 백, 몇 천 마리의 군집을 형성해서 바다를 돌아다닙니다. 참으로 장관이지요.

　밤에는 선박의 밝은 불빛에 모여든 플랑크톤을 사냥하러 줄을 지어 떼로 헤엄쳐 다닙니다. 서로서로 날개를 붙들고, 마리

아치의 연주에 왈츠를 추듯, 탱고를 추듯 리듬을 탑니다. 발레
리나의 군무라고나 할까요. 우아하고 아름답습니다. 정말 놀
라운 것은, 이들이 수면 위로 일시에 뛰어 오른다는 것입니다.
여기서도 펄쩍, 저기서도 펄쩍. 마치 경쟁을 하듯 높이 뛰어 날
개를 파닥이기도 하고, 공중제비를 돌기도 합니다. 그리고는
있는 힘을 다하여 힘껏, 바다 표면을 온몸으로 철썩 때립니다.
마치 누가 큰 소리를 낼 수 있는지 시합을 하듯 말이죠. 체조
선수가 따로 없습니다.

왜 이러는지 아직 그 이유는 밝혀지지 않았습니다. 아마도
짝을 찾는 구애행동이거나 피부에 붙은 기생충을 제거하기 위
한 행동으로 추측될 뿐입니다. 그러나 나는 믿고 있습니다. 이

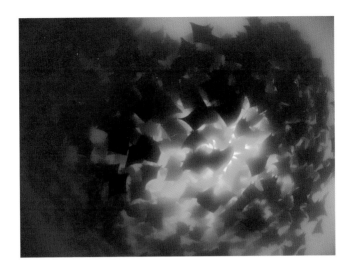

들은 하늘을 날고자 하는 꿈에 도전하고 있다고. 이들은 신천
옹처럼, 이카루스처럼 새로운 세상을 향한 비상을 꿈꾸고 있
다고.

여러분의 꿈은 무엇인가요? 혹 꿈을 향한 열정이 식어 버리
지는 않았나요? 다시 한 번 용기를 내어 도전해 보면 어떨까
요? 꿈은 우리를 살아있게 하는 원동력이니까요.

날자, 날아 보자

평화의 바다
코르테스
모블라들이
일제히 하늘을 날아오른다

바다 속을 질주하다
창공을 향해 활짝 날개를 편다

누구는 그런다
짝짓기 행동이라고

누구는 그런다
몸에 붙은 기생충을 떼어내는 거라고

거 모르는 소리

이들은 꿈이 있단다
새로운 세상을 향해 날고 싶은 꿈

설령
날아오르다 추락하더라도
자유를 향한 끝없는 도전

바다의 이카루스
알바트로스를 꿈꾼다

천문학자들

 # 가리비

바닷속을 헤엄치듯 날아다니는 조개가 있습니다. 어떤 때는 꼭 토끼처럼 뛰어다니는 듯하구요. 혹 무슨 조개인지 아시겠어요? 힌트를 드립니다. 그리스 신화에서 미의 여신 아프로디테가 태어난 조개이며, 보티첼리가 그린 "비너스의 탄생"에서 비너스가 타고 있는 조개입니다. 중국에서는 모양 때문인지, 맛 때문인지는 몰라도 월나라 미인 서시의 혀에 비유하여 서시의 혀[西施舌]라 불려지기도 했답니다. 지금은 껍데기가 부채처럼 생겼다고 해서, 부채조개[扇貝]라 부릅니다. 그 유명한 산티아고 순례길에서 순례자의 상징으로 모두들 그 껍데기를 가방에 달고 다니는 조개입니다. 다들 이제야 아시겠다는 표정이군요. 그렇습니다. 이번에 소개드릴 주인공은 가리비입니다.

가리비라 불러 보면, 누구나 다 제일 먼저 한 잔 소주와 함께 하는 가리비찜 혹은 가리비 치즈구이가 떠오를 겁니다. 그만큼 맛이 담백하고 달며 훌륭하지요. 글리신과 타우린이 풍부하게 들어있어 영양학적으로도 우수한 조개에 속한다고 그래요. 전 세계적으로 400여 종이 있다고 하며, 우리나라에서는 비단가리비, 큰가리비(참가리비), 해가리비, 국자가리비 등 12종이 알려져 있습니다.

이 아이들은 바다 밑의 모래나 자갈에 몸을 숨기고 사는데, 위협을 느끼거나 빨리 이동하려고 할 때는 수중으로 뛰어올라 두 개의 껍데기를 연속으로 열고 닫아 출수공으로 물을 강하게 뿜으면서 전진합니다. 나에게는 이 아이들이 캐스터네츠를 흔들며 플라멩코를 추는 유혹적인 스페인 무희로 다가왔습니다. 왜냐하면 푸른 사파이어 같기도 하고, 까만 흑진주 같기

도 한 이 아이들의 매력적인 눈동자에 푹 빠졌기 때문입니다.

2017년 이스라엘의 벤자민 팔머 박사 팀이 놀라운 연구 결과를 사이언스 잡지에 발표했는데[*], 저는 이 논문을 읽고 뒤통수를 한 대 맞은 듯 충격을 받았고, 그 신비함에 경탄하지 않을 수 없었습니다. 가리비의 외투막 가장자리에는 직경 1밀리미터 크기의 눈(외투안)이 약 200개 정도가 있습니다. 이 눈의 구조와 작동 원리는 우리가 아는 보통의 눈과는 다르게 첨단의 정교한 천체망원경을 닮았습니다. 가리비의 눈 맨 안쪽에는 수백만 개의 나노미터 크기의 사각형 거울이 있는데, 이는 외부에서 들어온 미세한 빛을 반사시켜 앞쪽에 있는 두 개의

---

[*] Benjamin A. Palmer et al. The image-forming mirror in the eye of the scallop. Science 2017; 358: 1172-5.

망막에 모아 이미지를 만들어 냅니다. 실로 놀라운 일입니다.
이 아이들은 바다 깊은 곳에서, 먼 옛날부터 우주 깊숙한 곳을
지켜보고 있지 않았을까요? 마치 떠나온 고향을 하염없이 쳐
다보며 목메어 그리워하듯이.

　이 글을 읽고 다시는 가리비를 먹지 못할 것 같다는 분이 계
실까 염려가 됩니다. 저희가 시중에서 사서 먹는 가리비는 전
부 식용을 위한 양식이니 그리 부담 갖지 마시고 맛있게 드셔
도 됩니다. 다만, 그 아이들의 신비와 우주만물의 섭리를 한 번
쯤 느껴 보고, 이 모든 것들에 경외하고 감사하는 마음만 가지
면 어떨까 생각해 봅니다.

가리비

캐스터네츠를 흔들며 플라멩코를 추던
당신이 처음으로 살짝기 그 속살을 보여주었을 때
점점으로 반짝이는 저 푸른 별들이
내 가슴을 아득하게 흔들어 놓았지
당신은 아마 천문학자 별을 닮은 눈으로
깊은 우주를 보시곤 했었지
먼 옛날 훌쩍 떠나온 고향의
별빛 부스러기들 하나 둘 거울로 모아
당신의 조그만 몸 깊숙한 곳 그 기억 속에
은밀한 비밀로 숨겨 놓았었지 그런데 말이야
한 잔의 소주와 함께 연탄불 위에 놓여진
당신의 몸을 뒤적이며 그 신비를 탐하고 있는
지금의 나는 도대체 어느 별에서 여기까지
흐르고 흘러서 왔을까 까맣게 우는 당신

바다의 시인

모래뱀상어

참 세월이 빠르고 덧없습니다. 아마도 내가 병원에서 간암 및 췌장암 환자, 그리고 소아 및 영아 환자를 담당하는 마취의사로 일을 하다 보니 더 그런 것 같습니다. 올해에만 5명의 지인과 길고 긴 이별을 했네요. 나이가 들어서인지, 사람마다 그의 운명 혹은 숙명 같은 것이 있는 것같이 느껴집니다.

태어나기도 전부터 아프고 쓰라린 숙명을 가진, 제가 늘 안타까워하는 상어가 있습니다. 여러분들께서는 아쿠아리움에서 많이 보셔서, 상어라 하면 아마도 이 아이들을 먼저 떠올리실 겁니다.

이 상어는 사실 멸종 위기에 있다 보니, 과학자들이 그 생태에 대하여 연구를 많이 하였고, 따라서 수족관에서 키우는 방법도 알아내었습니다. 그 결과 전 세계 아쿠아리움에 갇혀 사

는 모래뱀상어입니다. 교미 기간에는 해안의 모래 바닥에 있을 때가 많아 이런 이름이 붙은 것으로 추정됩니다.

악상어목 치사상어과에 속하는 이 아이들은 사는 곳에 따라 다르게 불립니다. 호주에서는 Grey nurse shark, 미국 및 카리브 연안에서는 Sand tiger shark, 아프리카에서는 Ragged-tooth shark 등으로 불립니다. 최대 4-5미터까지 자라며, 보통은 2-3미터 정도 크기입니다. 수족관에서는 사육사에게 애교를 부리기도 하고, 바다에서도 다이버들이 주는 먹이를 잘 받아먹으며 또 온순하여 '바다의 큰 개'로 불리기도 합니다.

그러나 이들의 외모를 보면 깜짝 놀랍니다. 우선 머리가 뾰족하고, 주둥이는 길게 튀어나와 있으며, 입은 눈꺼풀이 없는 작은 눈을 지나 뒤쪽까지 길게 찢어져 있습니다. 이빨은 날카로운 톱니 모양으로 무시무시하게 생겼습니다. 또한 몸통은 어깨에 잔뜩 힘이 들어간 깡패처럼 등이 불룩하며 장대한 원통형입니다. 몸 뒤쪽에는 적갈색의 반점을 가지고 있습니다. 이들은 다른 상어와는 달리, 수중에 가만히 떠 있을 수가 있습니다. 공기를 삼켜 위장에 가두어두고 이를 조절하여 중성부력을 유지할 수가 있는 것이죠. 입을 약간 벌리고 수중에 가만히 떠서 천천히 움직이는 모습을 볼 때면, 시를 구상하고 있는 천생 바다의 시인입니다.

　이 아이들은 길고 날카로우며, 무시무시한 일곱 겹의 이빨을 가지고 있습니다. 오래된 이빨은 밖으로 밀려나와 빠지고, 새로운 이빨이 안쪽에서 자라 나오는데, 평생 3만 개 정도가

만들어진다고 합니다. 이 점은 부럽기도 한데, 이 이빨 때문에 잔인한 것으로 오해를 받아, 인간에 의해 멸종위기에 처한 것이지요. 이 또한 운명 또는 숙명이 아닐는지요.

엄마는 두 개의 자궁을 가지고 있는데, 자궁 속에서 강한 태아가 다른 형제를 잡아먹고, 이후에는 무정란을 먹으며 성장합니다. 임신기간이 끝나면 한 개의 자궁에서 한 마리씩 두 마리만 불룩한 배를 가지고 태어나게 됩니다. 따라서 희귀할 수밖에 없는 것이죠. 이를 위해 일부 과학자들이 인공자궁 속에서 태아들을 키우는 시도를 하고 있는데, 개인적으로 저는 절대 찬성하지 않습니다. 자연에는 반드시 그렇게 된 이유가 숨어 있다고 믿기 때문입니다. 그 어떤 생명도 숙명 또는 운명을 비껴갈 수는 없을 것 같기에 말입니다.

모래뱀상어

온순하고 얌전하게
중성부력을 유지하며
물속을 천천히 거니는 너는
분명 바다의 시인

평생 줄지어 나오는
무시무시한 그 이빨들은
엄마의 뱃속에서 형제들을 죽여야 하는
숙명의 표식인가 운명의 죗값인가

아 슬픈 카인

지구의 보물

바다이구아나와 친구들

지금까지 가 보았던 바다 중에서 가장 인상에 남는 곳이 어딘가요? 이런 질문을 받으면, 나는 주저 없이 갈라파고스 제도라고 대답을 합니다. 그곳의 풍광도 독특하고 멋있지만, 독자적으로 진화를 이룬 귀한 생명들의 보고이자 19세기 생물학 연구의 역사적 현장이기 때문입니다.

갈라파고스 제도는 남미 에콰도르에서 서쪽으로 약 천 킬로미터 정도 떨어진, 적도 주위의 동태평양에 위치한 화산섬들입니다. 19개의 화산섬들과 수많은 암초들로 구성되어 있습니다. 바다 밑 지각 저 깊은 곳에서 태평양, 코코스, 나스카판이 서로 힘겨루기를 하면서, 지금도 용암을 하늘로 분출시키고 있지요. 따뜻한 파나마 해류가 북에서 내려오고, 차디찬 훔볼트 해류가 남에서 올라오고, 멀리 서태평양에서 온 크롬

웰 물기둥이 만나 용솟음치는 곳. 당연히 다양한 종류의, 수없이 많은, 하늘과 땅과 바다의 뭇 생명들이 끓어 넘치겠죠. 조화롭게 말이죠.

　이곳이 바로 1835년 찰스 다윈이 비글호를 타고 탐험하고 연구한 뒤, 생명의 위대한 발자취를 기록한 불후의 명저 『종의 기원』을 탄생시킨 갈라파고스 제도, 용암의 자식들입니다.

　다윈 섬에서, 마치 태고의 신전으로 향하는 비밀의 문인양 우뚝 서 있는, 석양에 빛나는, 거대하고 신비로운 황금빛 다윈 아치를 만났습니다. 흔들리는 배 갑판 위에서 조용히 무릎을 꿇고 눈을 감았습니다. 고맙습니다. 고맙습니다. 이 신비로운 땅과 하늘, 바다를 보게 하시고, 여기에 깃든 놀라운 생명들을

만나게 해 주시고, 무엇보다 이 세상에 잠시나마 들를 수 있게
허락하여 주셔서. 뜨거운 눈물을 바다에 뿌렸습니다.

다윈 아치 근처 깊은 바다에는 등에 체스판 무늬가 선명한,
정다운 새댁, 임신한 고래상어 또 다른 '정아'가 살고 있습니
다. 부디 건강하기를. 정아와 아기들 모두. 다윈 아치도 오래
도록 무탈하기를.

이사벨라 섬 수심 40미터 바닷속에는 3~4미터 크기의 개
복치(Mola Mola, Sun fish)들이 살고 있습니다. 이 친구들은 이
른 아침에 잠시 그 아름다운 자태를 보여주고는 다시 깊은 바
다로 돌아가 버립니다. 무정하게도요. 아마 부끄럼이 많아 그
리하였을 겁니다. 그래도 저는 이 아이들을 잊지 못해, '태양
의 아이'란 이름을 지어주었습니다.

울프 섬 바닷속에서 머리가 망치를 닮은 귀상어들을 만나고
있었습니다. 깊고도 푸른 바다 저편에서, 저를 향하여 몇 백 마

리가 꼬리를 흔들며 다가오는데, 오금이 지렸습니다. 크고도 아름다운 날렵한 몸매. 엘가의 행진곡에 맞추어 바다를 누비는 저 위풍당당한 늑대들. 그 긴장감이 느껴지시나요. 갑자기 머리 위에서 끽끽거리는 돌고래 무리의 팡파레 소리가 들려왔습니다. 비키시오. 비키시오. 여왕이 납시오. 왕자가 납시오. 몸을 바짝 낮추고 눈 살짝 들어보니, 하늘을 가리는 시커먼 구름, 우람한 몸매, 아름다운 날개, 범접할 수 없는 당당한 위엄. 길이가 20미터는 넘게 보이는, 바다의 여신, 혹등고래였습니다. 아! 그 옆에는 말이죠. 힘차게 질주하는 귀엽고 깜찍한 바다의 왕자가 있었습니다. 천우신조(天佑神助).

갈라파고스라고 하면, 아마도 바다이구아나가 먼저 떠오르실 분도 많으실 겁니다. TV 다큐멘터리 프로그램에 워낙 자

주 소개되는 아이들이고, 전설 속의 용가리를 연상시키는, 한
번 보면 절대 잊을 수가 없는 독특한 모습이죠. 태평양 저 너
머로 지고 있는 태양을 응시하는 모습은 마치 먼 옛날의 추억
속에 잠겨 있는 듯했고, 흡사 고대로부터 온 연금술사나 시인
들 같았습니다. 갈라파고스에는 태고의 신비가 숨을 쉬고 있
습니다. 이 행성이 존재하는 한, 언제까지나 그리할 수 있기를.

바다이구아나

페르난디나섬, 카보 더글라스
구백 만 년 이상 된 전설이 숨 쉬고 있다

표정 없는 얼굴
푸르고 검고 붉은 갑옷
목에서 꼬리까지 이어진 톱니 모양 돌기들
힘차고 굳센 다리, 길고 강인한 발톱
아름답고 우아한 긴 꼬리
가끔 흥흥 코로 소금을 뱉어내며
햇빛을 받으며 태평양을 굽어보고 있다

바다가 그리울 때는
네 발을 몸에 꼭 붙인 채

꼬리를 살랑살랑
거센 파도도 이들에겐 놀이터

바위를 움켜잡고 해초를 뜯는 너희들
불을 뿜는 용가리가 여기 살아있었구나
꿈틀거리는 지구를 지켜보고 있었구나

성찰의 이유

복어

복어. 말만 들어도 입맛이 다셔지지요. 매운탕, 지리, 찜 등. 정말 맛있고 담백한 요리의 재료입니다.

처음 바닷속에서 뚱뚱한 몸매에 어울리지 않는, 그 작은 날개를 앙증맞게 파닥이는 것을 보았을 때, 과연 저 친구가 어떻게 그렇게 무서운 독소를 만들 수 있을까 궁금한 생각이 들었습니다. 제가 보기에는 완전 천진무구한 어린아이 같았기 때문입니다. 팽창주머니를 부풀려 위협하는 모습도 그렇고, 앵무새 부리를 닮은 이빨을 갈아 빡빡거리는 모습도 그렇고, 뒤뚱뒤뚱 천천히 헤엄치는 모습도 그렇고.

복어의 독인 테트로도톡신은 자연에 존재하는 가장 무서운 맹독입니다. 1그램만으로 무려 500명을 죽일 수 있습니다. 이 독은 가열해도 분해가 되지 않는 대표적인 신경독으로, 신경의 소디움 채널을 막아 호흡근을 마비시켜 사망 또는 중태에 이르게 합니다.

인턴 시절 강화도에 있는 한 병원의 응급실에 파견을 나갔는데, 하룻밤에 꼭 한두 명의 복어 중독 환자를 만나 밤을 새웠던 기억이 아직도 생생합니다.

복어의 독은 복어의 간과 난소에 많지만, 복어는 내성이 생겨 별다른 영향이 없다고 합니다. 원래는 특정한 세균이나 미생물들이 독을 만드는데, 이 독이 먹이사슬을 통하여 자연스럽게 복어의 몸속에 축적된다고 합니다. 단지 복어는 자연의 법칙에 충실하게, 독에 대해서는 전혀 생각지도 않고, 입맛에 맞는 조개나 불가사리 등을 먹었을 뿐이죠.

혹시 우리 속에 잠재된 이기심이나 욕심, 악한 마음도 이와 비슷하지 않을까요. 세상을 살아오면서 나도 모르게 비에 젖듯, 내 속에 살며시 스며들어와 숨 쉬고 있는 것은 아닐까요.

그래서 우리는 스스로를 돌아보는 성찰과 반성과 기도가 자주
필요한 것은 아닐까요.

갑자기 세상이 두려워집니다. 세상 앞에 고개를 숙입니다.
깨어 있도록 늘 노력해야 하겠습니다.

나도 모르게

귀엽고 순박한 착한 복어야
넌 어찌 그리 무서운 독을 가지고 있니
가열해도 사라지지 않고
극미량으로도 숨을 못 쉬게 만드는
자연계 최고의 맹독을

아니에요 아니에요
내가 만든 것 아니에요
세균 비브리오 알기놀리티쿠스가 만든 것
플랑크톤이 얘들을 먹고
더 큰 아이들이 또 얘들을 먹고
그렇게 그렇게 먹이사슬을 돌다가
내 몸에 조금씩 쌓여진 것 뿐이에요
나는 이미 면역이 되어 있을 뿐

그렇구나
우리도 너처럼
자신도 모르게
조금씩 조금씩
무서운 악을 쌓고 있었구나
어느새 무감각하게 되었구나

아 이제 알겠어
기도와 성찰이 필요한 이유
늘 깨어있어야 하는 이유

관계에 대하여
니모와 친구들

악어와 악어새 이야기를 들어보셨죠? 바다 깊은 곳의 생물들
도 이들과 같이 무언의 관계를 맺고, 서로 돕고 사는 친구들
이 여럿 있습니다. 이를 공생(symbiosis)이라 하죠. 공생에는 서
로 다른 종의 생물들이 상호작용을 통해 서로 이익을 주고받
는 상리공생(mutualism)과 한 종은 이익을 얻지만 다른 한 종은
손해도 이익도 없는 편리공생(commensalism)이 있습니다. 또한
우리 몸의 기생충처럼 다른 생명체 속에 살면서 영양분을 빼
앗아 먹는 등의 일방적인 피해를 주는 기생(parasitism)이란 관
계도 있습니다.

　우선 클라운피시(Clownfish) 또는 아네모네피시(Anemonefish)
와 말미잘의 이야기를 소개합니다. 정확한 종은 다르지만, 우
리말로는 통틀어 흰동가리라 불리는, 영화 "니모를 찾아서"의
주인공 니모와 말미잘의 관계는 상리공생(相利共生)의 대표적

인 예입니다. 말미잘의 독에 면역이 있는 흰동가리는 말미잘
의 촉수 속에 숨어 적을 피하고, 말미잘은 흰동가리를 쫓아오
는 바다 동물을 촉수로 공격하여 잡아먹고 또한 흰동가리가 떨
어뜨리는 먹이를 맛있게 받아먹지요.

　어떤 종의 말미잘은 소라게와 상리공생을 맺고 있는데, 말
미잘은 촉수로 소라게를 지켜 주고, 소라게는 말미잘에게 이
동이라는 귀한 이익을 주죠. 곰치와 청소놀래기의 관계도 상
리공생인데, 악어와 악어새의 관계와 정확히 동일합니다.

　나는 특히 새우망둥과 장님새우 사이의 관계를 무척 좋아합
니다. 바다 밑 모래 속에 굴을 파고 사는 장님새우는 앞을 보지
못합니다. 장님새우가 먹이를 먹으려 굴 밖으로 나가면, 새우

망둑이 망을 보고 있다가 적이 나타나면 꼬리지느러미로 장님 새우의 더듬이를 자극하여 얼른 굴속으로 피하게 합니다. 대신 새우망둑은 장님새우와 편안한 집을 공유하는 것이지요. 깊은 신뢰의 힘이 느껴집니다.

편리공생(片利共生)의 대표적인 경우는 대형어류 및 거북이의 몸에 붙어 편하게 이동하면서 그들이 남긴 먹이를 먹는 빨판상어, 고래의 피부에 달라붙어 서식하는 따개비 등을 예로 들 수 있습니다.

듣고 나시면, 은근히 섬뜩한, 상당히 특이한 관계의 생명들도 있습니다. 돔이나 흰동가리 등의 입속에서 발견되는 물고기 기생충으로, 등각류의 일종인 키모토아 엑시구아(Cymothoa exigua)가 그들입니다. 이 아이들은 유충 시절에 물고기의 아가

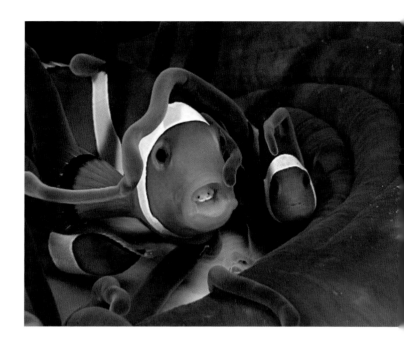

미로 침투하여, 물고기의 혀에 달라붙습니다. 이들은 뾰족한 갈고리 모양의 발들을 가지고 있는데, 이 발로 혀를 눌러 괴사시켜 없애 버리고, 결국에는 물고기 혀의 자리를 온전히 자신들이 차지하게 됩니다. 더욱 놀라운 것은 이들이 숙주 물고기의 몸에 한 몸으로 동화된다는 사실입니다. 숙주 물고기는 이 아이들을 자신의 혀처럼 움직일 수 있고, 이들을 통하여 맛도 느낄 수 있다고 합니다. 이미 이동 능력을 잃어버린 이 아이들은 숙주 물고기가 죽으면 자신들도 죽을 수밖에 없겠지요. 기생인지, 공생인지 저도 이들의 관계를 정의하기가 어렵습니다. 문득, 당나라 시인 백거이의 「장한가(長恨歌)」에 나오는

'연리지(連理枝)와 비익조(比翼鳥)'로 비유되는, 현종과 양귀비의 사랑 이야기가 떠오릅니다.

  우리들은 많은 이들과 이런저런 관계를 맺고 살아왔고, 살아가고 있으며, 살아갈 것입니다. 개인적으로 소망하기는, 가능한 일방적인 기생이나 희생이 아닌 공생, 그것도 상리공생의 관계로 살고 싶습니다. 제 안사람과는 무슨 관계인지 궁금해 하시네요. 아마도 니모와 엑시구아 관계. 어느덧 스며들어, 시키는 대로 하며 살고 있으니까요.

어떤 관계

독이 가득한
말미잘
촉수 속에
새끼들을 키우고 있는

하얀 테 예쁜
흰동가리 부부 한 쌍

어라
입 속에 뭔가가 있네
까만 눈동자 두 개가 빛나고 있어

이름하여
키모토아 엑시구아
등각류의 일종

니모의 입 속에 들어가
피를 빨아
기어코 혀를 녹여 내고
살아있는 혀가 된다는
등골이 오싹한
기생충계의 여신

그런데
기생이 아니라

공생일 수도 있다니

내 혀가 얼얼하다
마치 키스를 하다 혀를 단단히 물린 것처럼

매혹

 # 스윗 립스

스윗 립스. 나 너에게 반했어. 물고기와 뜨거운 연애를 한 적이 있습니다. 아니. 짝사랑이라 해야 되겠군요. 아직도 그 대답을 듣지는 못했기에. 그 모습이 꿈속에 아롱거려, 흔들리는 배 위에서 잠 못 이룬 적도 있구요. 보고 싶어 몇 달 사이에 멀고 먼 하늘 길을 돌아, 세 번이나 그 바다를 찾은 적도 있습니다. 세상 살아오는 동안에 경험한, 몇 되지 않는 애타는 그리움.

크고 두툼한, 육감적이며 매혹적인 입술. 70~80센티미터 정도 길이의 유선형 몸매. 깊고 푸른 바다를 배경으로, 노란색, 갈색, 회색, 검정색 그리고 흰색까지, 선명하게 빛나는 황홀한 색의 조화. 온몸에 산재한 수평의 또는 방사상 줄무늬와 크고 작은 점무늬들. 가히 신의 조화라 할 수밖에 없는 Sweet lips fish.

그 입술과 무뚝뚝한 미소에 반한 나는, 테이블산호 아래 몸을 낮추어 이 아이와 교감하기 시작하였습니다. 반가워. 어쩜 이리 예쁠까. 나랑 친구 하자. 아니, 감히 연인. 그 맑은 눈동자를 굴리며, 요리조리 구석으로 숨다가, 이윽고 가만히 미동도 없이 나를 응시합니다.

무려 삼십 분 가까이 이 아이와 함께 합니다. 이제는 수면으로 돌아가야 할 시간. 그런데, 왜 이리 아쉬운지요. 조금만 더. 조금만 더. 나의 버디가 나를 재촉합니다. 눈물을 훔치면서 돌아섭니다. 조만간 다시 오마. 너를 잊지 않으마. 나를 잊지 말아요. 나를 잊지 말아요.

스윗 립스

안녕
보고 싶어 또 왔어

산호 아래 가만히 엎드려
말없이 쳐다보는 변함없는 얼굴
금세 눈물이 터질 듯 저 순박한 눈동자
등에 새겨진 세월의 줄무늬
우아한 꼬리날개 선명한 멍자욱
아름답고 매혹적인 노오란 입술

그리워 찾아왔건만 꼬리만 살래살래

와락 달려들어
입 맞추고 싶지만
또다시 안녕 이별을 고한다

나에게 너는
달콤한 입술로 기억되나 보다

아름다운 동행

 # 마블레이

어쩌면 이토록 현란하게 사랑을 나눌 수 있을까요. 코스타리카 연안에서 550킬로미터 정도 떨어져 있는 동태평양의 보석. 풍부한 습지와 울창한 열대우림을 자랑하는, 온갖 해양생물의 고향. 코코스에서 본 마블레이(Marbled sting ray)를 소개합니다.

전반적으로 둥근 원반을 닮아 있는, 성체 마블레이의 몸 전체 길이는 3미터 정도이며, 넓이는 2미터 정도입니다. 등에 검은 점이 촘촘히 박혀 있는데, 마치 회색빛이 감도는 대리암 표면처럼 얼룩덜룩하게 보입니다.

몸의 일부를 모래에 묻고, 눈만 내어놓은 채 바닥에 가만히 누워 있는 이 친구들을 볼 때면, 사막에 막 불시착한 둥근 우주선인양 착각이 들 때도 있습니다.

유유히 물속을 훨훨 날아다닐 때는 꼭 마법의 양탄자입니

다. 분위기 또한 아라비안나이트입니다. 이들은 다른 가오리 종류와 비슷하게, 바다 밑바닥을 뒤져 작은 물고기나 갑각류, 조개류들을 잡아먹고 사는 것으로 알려져 있습니다. 성격은 온순하나, 꼬리에 있는 가시에 찔리게 되면 큰 상처를 입을 수 있기 때문에 근처에 너무 접근하는 것은 좋지 않습니다.

난태생인 이들의 교미 습관이 참으로 독특합니다. 암컷은 발정기에 12마리 이상의 수컷과 교미를 한다고 합니다. 그 후에 수컷들은 암컷과 암컷의 몸속에 무럭무럭 자라고 있는 알과 새끼들을 지키기 위하여, 새끼가 출산할 때까지 암컷의 앞과 뒤를 떠나지 않습니다. 늘 무리를 지어 다니지요. 이들을 주먹이로 삼고 있는, 무시무시한 망치상어로부터 암컷을 보호하기 위함이라고 합니다.

몸으로 암컷을 지키는, 무모하지만 아름다운 철통 경호. 날개가 찢겨져 나가 있는 저 아이들에게서 오늘 또 나는 하나 배웁니다. 기꺼이 몸을 내어주는 사랑이 어떤 것인지를.

마블레이

처음 보는 집단교미
현란하고 아름답다
달리 표현할 방법이 없다

그런 후
달마시안 우주 비행선들의 편대비행
엄숙하고 장엄하다

이것은 저들의 숙명
암컷과 새끼들을 지키려는 수컷들의 용기
망치상어도 감히 근접을 못한다
그 마법의 양탄자 중에는 찢겨져 있는 아이들도 보인다

나도 온몸으로 맞서고 있는 걸까
내 소중한 것들을 지키기 위해

내 등에 언뜻 보이는 대리암 무늬 상처들
그리 얕지는 않을 듯

바다의 늑대

바라쿠다

납작하고 긴 몸매. 은빛 창을 닮은 물고기, 뾰족한 주둥이, 눈 가장자리까지 찢어진 입, 강력한 턱, 반짝반짝 예리한 단검 같은 날카로운 이빨의 소유자. 바다의 늑대. 바라쿠다를 소개합니다.

바라쿠다는 농어목 꼬치고기과 꼬치고기속에 속하는 물고기들로, 20여 종류가 알려져 있으며, 종에 따라 몸의 무늬와 크기가 다릅니다. 가장 큰 종인 자이언트 바라쿠다는 길이가 2미터 정도에 이르며, 등과 옆구리에 청회색의 수직 무늬들이 있습니다.

나는 특히 스풀링(spooiing)이라 불리는, 이들의 춤을 사랑합니다. 이는 몇 백, 몇 천 마리의 바라쿠다들이 모여 한곳에서 회오리바람처럼 빙빙 도는 것을 뜻하는데, 그 모습이 신비롭

고 참으로 장관입니다. 특히 저녁 햇살에 반짝이는 은빛 늑대
들의 황금빛 질주를 보면 마치 꿈을 꾸는 것 같습니다.

대개 처음 보는 다이버들은 흥분하여 그 속으로 헤엄쳐 들
어가 그들과 같이 춤을 추고자 하나, 거의 불가능합니다. 더욱
중요한 것은 스풀링은 먹이 사냥을 위한 포위 공격의 일환일
수 있으니, 초보자들은 긴장을 늦추지 않는 것이 상책이겠죠.

늘대와 춤을

하늘이 온통 늑대의 울음소리
아우~~아우~~
물의 파장을 흔드는 하울링
수백 마리의 바라쿠다가 나를 감싼다

이윽고 나는
그들의 친구

하나 된 우리는
축제의 춤을 춘다

석양을 가르는
은빛 편대비행

날렵하고 아름다운
우리는
바다의 늑대들

가끔은요. 커다란 바라쿠다 한 마리가 물 가운데 가만히 정지해 있거나, 천천히 유유자적하게 움직이는 것을 볼 수 있습니다. 어슬렁거리는, 황야의 외로운 늑대처럼요. 저 아이는 무슨 사연이 있길래, 이 깊고 푸른 바닷속에서 저 혼자 떨어져 있을까. 마치 명상을 하는 듯, 시를 구상하는 듯 말이죠.

이 고독한 바라쿠다를 닮은 아름다운 사람을 인도네시아 먼 바다에서 만났습니다. 겉모습과는 다르게, 섬세하고 친절하고 아름다운 마음을 가진, 피 끓는 심장의 소유자, 웨카. 그는 조국을 고통에서 구하자고 하는, 상처 입은 민주투사였습니다. 깊고 날카로운 그의 상처가 빨리 아물 수 있기를. 그와 그의 가족이 행복할 수 있기를. 인도네시아와 그곳의 바다가 늘 푸르고 평화롭기를. 기원해 봅니다.

외로운 바라쿠다

인도네시아
민주투사 웨카

맥주 한 잔에 취해
조국의 자유와 인권
무상의료, 무상교육
행복할 권리를 주장하는
아름답고도 맑은 사람

깊은 바닷속으로
나를 데리고 갈 때
우~ 웅
웅~ 으응~ 흐응~
슬픈 늑대 소리를 낸다

그 푸르름 속에서
끝도 모를 저 심연을 응시할 때
그 눈 속에는 짙은 고독이 스며있다

유난히
추위에 떠는
그의 손을 살짝 잡아보니
지난 세월의 상처가 가득하다

왈칵

눈물이 쏟아진다

라자암팟
네가
엄마처럼 그를 지켜주기를

웨카
네가
이 순수한 바다를 지켜주기를

고리들의 춤

 # 바다지렁이

필리핀 술루 바다에 있는 투바타하로 잠수 여행을 갔을 때 일입니다.

작은 난파선이 잠들어 있는 Malayan wreck point에서 야간 다이빙을 했습니다. 이곳은 밤에 1미터에서 2미터 정도 되는 커다란 버팔로피시들이 바다 밑 암초의 얕은 동굴 속에 잠을 자기 위해 모이는 곳으로 유명합니다.

정말 장관이었죠. 저렇게 큰 녀석들이 숨을 들이쉬고 내쉬며, 착한 아이처럼 얌전히 모래 위에서 잠을 청하고 있었습니다. 이윽고 이 아이들과의 작별을 끝내고, 수면으로 나오기 위하여 얕은 곳으로 이동할 때였습니다. 갑자기 바닷속이 분주해졌습니다. 몇 십만, 아니 몇 백만 마리의 바다지렁이들이 일시에 다 몰려나온 것 같았습니다.

바닷속 하늘 위에는 두둥실 밝은 달이 차오르고 있었구요.

무어라 할까요. 마치 보름달 아래, 미친 듯이 강강수월래를 추며, 달집을 태우는 광기의 축제. 저도 놀랍고 몽환적인 이 생명의 꿈틀거림에 흥분을 감출 수 없었습니다. 나는 반쯤은 미쳐버렸습니다. 이렇게 저를 매혹 시킨 아이들의 이름은 파롤로 웜(Palolo worm)입니다. 지금 생각해 보니, 배 위에 올라가서도 이들과 쉽게 이별을 하지 못해 바다로 뛰어들어 이 아이들과 한참 동안 같이 춤을 추었던 기억이 생생합니다.

　이들은 번식하는 방법이 매우 독창적인 털갯지렁이들입니다. 일 년 중 어느 특별한 날(아마도 달의 주기에 맞추어)이 되면, 몸이 둘로 나뉩니다. 전반부는 나머지 부분을 재생시키기 위하여 산호초 속에 숨습니다. 후반 꼬리 부분은 생식세포와 눈을 가진, 완전한 새로운 개체로 변합니다. 이 후반부만 밝은 빛을 따라 수면으로 헤엄쳐 올라오는데, 몇 십만, 몇 백만 마리가 한 데 엉켜 춤을 추며 알과 정자를 배출합니다. 청자색의 알을 내뿜는 암컷들과 붉은 갈색의 욕망을 발산하는 수컷들이 달빛 아래 한바탕 축제의 장을 여는 것이지요. 이토록 생명의 신비는 경이롭고 장엄하답니다.

남태평양 사모아에는 10월에서 11월 사이에, 이들을 기리는 축제가 있다고 합니다. 이날에는 모두 경건한 복장을 하고, 짙은 화장을 한 후, 횃불을 높이 들고 바다로 나간다고 합니다. 자연과 생명을 귀하게 여기는, 참 아름다운 민족이라 생각됩니다. 물론 축제에는 이들을 먹는 풍습이 있다고 하네요.

바다지렁이의 사랑

어둠 속에서
고요 속에서
홀연히 시작된 축제

손을 잡고
빙글빙글
불놀이다

생명
그 거룩함이
이글거리는
달빛의 바다

살갗으로
전해지는
삶의 꿈틀거림

스멀스멀
다가오는
둥근 고리들의 아우성

살아있으라
살아있으라

춤을 추어라

춤을 추어라

마지막 시간
그 찰나의 순간까지

나의 은빛 친구들

전갱이 잭피시

언제인가 늦은 저녁상에 맛깔스레 구워진 생선 한 마리가 올라 왔습니다. 순간 이 아이가 고등어일까? 혹 전갱이일까?

내가 무엇을 궁금해 하는지 다 안다는 듯 아내가 배시시 웃습니다. 애는 고등어예요. 맨 앞에 있는 등지느러미는 등에 있는 홈 속으로 쏙 접어 넣을 수가 있구요. 뒤에 있는 등지느러미 뒤쪽으로는 토막지느러미가 있어요. 톱니처럼 뾰족한 어린 산들. 여기 흔적이 있죠. 전갱이는 이렇지 않죠. 전갱이는 대신 꼬리에서 몸통까지 방패같이 생긴 모비늘이 하반신 옆에 있어요. 이건 먹지 못해서 요리하기 전에 잘라내야 해요. 참 무심했지요. 잠수 강사라는 사람. 바다를 누구보다 사랑한다는 내가. 다시 한 번 어류도감을 펼쳐봅니다.

고등어가 대표하는 농어목 고등어과에는 삼치, 가다랑어, 다랑어, 고등어들이 속해 있습니다. 이들은 대부분 멋진 유선형 몸매를 자랑하며, 등에 알록달록 푸른 무늬들이 있습니다.
등에 있는 날개 중, 맨 뒤쪽에 있는 다섯 개 내지 열 개의, 설
악산 공룡능선을 닮은 토막지느러미가 가장 큰 특징입니다.

전갱이가 대표하는 농어목 전갱이과에는 전갱이, 방어, 부
시리, 잿방어, 일명 잭피시라 불리우는 빅 아이 트레발리 등이
속해 있습니다. 이들의 가장 큰 특징은 제 아내가 언급했듯이,
모비늘이 있는 것입니다.

가끔 깊은 바다에서 참치라 불리는 다랑어들을 만나게 됩니
다. 그런데 이들은 하도 사람들에게서 상처를 많이 입어서 그
런지 슬금슬금 피해버립니다. 아무리 다가가도 말이죠. 참 무
심하지만, 이해가 됩니다.

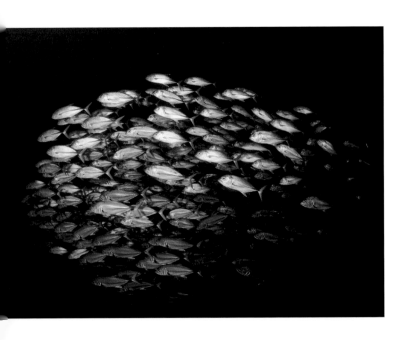

　그러나 잭피시는 좀 다릅니다. 이들은 바닷속에서 주로 몇 백, 몇 천 마리 모여서 떼를 지어 춤을 춥니다. 은빛 발레리나들의 군무라 할까요. 살짝이 이들의 춤 속으로 저를 밀어 넣어봅니다. 처음에는 피하고 경계를 합니다. 마음으로 간절히 빌어봅니다. 나, 너희들하고 친구하고 싶어. 조금 지나면 이들의 춤사위 속에서 하나가 됩니다.

　나도 한 마리 은빛 잭이 되어 너울너울 둥글둥글 춤을 춥니다. 참으로 행복합니다. 이대로 죽어도 여한이 없을 듯합니다. 나는, 나는 정말 자유롭습니다. 바닷속으로 윤슬의 출렁임이 찰랑찰랑 전해옵니다.

잭피시

와! 무시라

은빛으로 반짝이는
몇천 마리는 됨직한 줄전갱이 무리들

머리 위로 큰 배가 지나가는 것 같다

살며시
숨죽여 다가가
그들 속으로 들어가 본다

틱틱틱
쟤 누구니?
왜 우리한테 다가오지?

미안
나도 좀 끼워져
나도 너희들처럼
우아하게 춤추고 싶어
그렇게 바다를 느끼고 싶어

이윽고
그들 속으로 들어가 하나가 된다
바다의 품에 폭 안기어 버린다

깊은 바다

내 친구들

농어목 전갱이과
빅 아이 트레발리

2

바닷속 숲의 친구들

바다에 숲을

 # 해조류

'바다식목일'이라고 들어 보셨나요?

바닷속에 해조류를 심어, 해저에 숲을 만들고 바닷속 생태계 복원을 위해 지정한 국가기념일입니다. 매년 5월 10일 바로 이날이죠.

지금 우리의 바다는 갯녹음, 또는 백화(白化) 현상으로 인하여 심각하게 사막화 되어가고 있습니다. 갯녹음이란, 이상 기온과 수온 상승, 오염 및 부유물질의 증가, 무분별한 특정 어종의 종패(種貝) 종식(種殖)으로 인하여 미역, 다시마, 감태, 모자반 같은 해조류가 더 이상 자라지 못하고 고사하며, 이들이 자라던 암반 위에 소형 홍조류인 무절산호조류가 달라붙고 또 죽어, 석회질이 침전되어 하얗게 변하는 현상입니다. 질소, 인, 중금속 등을 정화시키는 해조류의 감소는 연안 바다의 부영양화를 촉진시키며, 어류의 번식과 성장을 위한 산란장, 보육장 등이 점차 없어지게 되어, 결국 해양생물이 살아갈 수 있는 터전의 파괴로 이어지게 되는 것입니다.

1990년대 초반 제주도에서 발견된 이후로, 현재 울릉도, 독도, 제주도를 포함한 상당한 면적의 연안 바다가 사막으로 변해 있습니다. 하얀 암반 위에 성게와 불가사리만 보이고, 해조류와 어린 물고기들의 흔적을 찾아볼 수 없을 때는 참으로 안타깝고 걱정이 앞섭니다.

나무와 숲이 사라진 산에 다양한 생명이 있을 리 만무하듯이, 해조류로 이루어진 바다 숲이 사라진 연안은 참으로 희망이 없어 보입니다. 그 안타까움과 울분이 시 「바다식목일」을 쓰게 했습니다.

다행인 것은 2012년부터 바다식목일이 지정되고 또한 바다 숲 조성을 위한 연구와 투자가 매년 증가되고 있다는 점입니다. 그 조성 과정은 육지의 식목과 비슷합니다. 다년생 해조류의 종묘를 키워서, 종묘이식용 인공구조물에 부착시킨 후, 바닷속에 살며시 가라앉히는 것입니다. 당연히 종묘 및 어린 해조류를 지키기 위하여, 조성지 연안을 청소하고, 관리하는 노력도 열심히 해야겠죠.

이제 막 불붙기 시작한 바다 숲 조성과 바다 생태 보호에 우리 모두의 관심이 필요합니다. 이들을 위해 노래해 주세요. 바다는, 바다의 숲은 우리들 생명의 시작입니다. 거대한 생태계 대순환의 출발점입니다.

바다식목일

해조류가 사라진 바위
하얀 석회
갯녹음, 백화 현상
바다가 사막이 되고 있다
동해, 남해, 제주도까지

감태, 미역, 청각, 파래, 모자반이 없는 바다
죽음만이 활보할 것이다

바닷속에 숲을 만들자
생명들이 숨 쉴 공간을 만들자

바다에 해조류를 심는 바다 식목일
이날은 우리의 생명이 시작되는 날이다

산호 정원

 # 연산호

제주도 남쪽 바다에는, 제주 바다를 지키는, 호랑이를 닮은 범섬이 물결 위에 떠 있습니다. 어미 섬과 새끼 섬으로 이루어진 이 섬은 주상절리와 해식동굴이 잘 발달되어 있어 그 모습이 웅장하고 아름답습니다.

범섬은 고려 말 최영 장군이 원나라 목호(牧胡)들의 반란을 제압함으로써 항몽 전쟁의 대미를 장식한 역사의 현장이기도 하지요. 범섬에서 북서쪽으로 약 3킬로미터 남짓 떨어진 곳에는 2010년대 초, 개발과 보존 사이의 갈등으로 우리 사회를 뜨겁게 달구었던 제주 해군 기지(2016년 2월 완공)와 강정마을이 위치하고 있습니다.

범섬 북서쪽 해역 일대는 천연기념물 제 442호인, 세계에서 가장 넓고, 가장 독특한 연산호 군락지가 있습니다. 제가 잠수를 배운 이후로 가장 많이 찾았고 가장 좋아했던 곳이기

도 합니다.

　이곳 바다 깊은 곳에는 기차를 연상시키는 긴 바위(일명 기차
바위)가 북서쪽으로 뻗어 있는데, 그 바위벽에는 다양한 색상
(노란색, 붉은색, 분홍색, 주황색, 보라색 등)의 아름다운 연산호 군락
들이 황홀한 자태를 뽐내고 있습니다. 눈부신 산호 정원, 바다
의 꽃밭이죠. 또한 황금빛으로 빛나는 나팔돌산호, 물결에 따
라 형광색으로 흔들리는 거품돌산호 등도 자리하고 있죠. 또
한 인근에는 감태 숲이 잘 발달되어 있어, 자리돔, 주걱치, 뱅
에돔, 놀래기, 멸치, 전갱이, 쏠배감펭, 갯민숭달팽이, 새우,
게, 문어, 소라 등 수많은 해양생물들의 낙원이기도 합니다.

　최근의 소식에 의하면, 이곳이 예전 같지 않다고 하네요. 안타깝고 가슴 아픕니다. 빨리 회복되기를 설문대 할망께 빌어 봅니다.

　연산호는 자포동물문, 바다맨드라미아강, 바다맨드라미목에 속하는 부드러운 골격을 가진 동물입니다. 촉수를 이용하여 동물성 플랑크톤을 잡아먹죠. 연산호의 기본 단위는 한 개의 소화기관과 8개 혹은 8의 배수의 촉수를 가지는 폴립인데, 이 폴립들이 모여 군체를 이루고, 이 군체들이 모여 군락을 이룹니다. 연산호의 줄기(stem) 속에는 형태와 크기가 다양한 작은 골편들이 들어 있으며, 종마다 이 골편들의 특징이 다르다고 합니다.

　제주 바다에는 밤수지맨드라미, 자색수지맨드라미, 분홍바다맨드라미, 큰수지맨드라미, 가시수지맨드라미 등의 연산호

가 자라고 있습니다. 연산호는 조류가 강한 곳에서 잘 자라는데, 제주도 문섬에서 1.5미터 이상 되는 아이들도 본 적이 있습니다.

이런 연산호의 표면에는 경산호와는 다르게 조류, 해면, 우렁쉥이 등이 부착해서 살지를 못합니다. 아마도 이들의 부착 및 성장을 방해하는 특수한 물질을 만들어내기 때문이 아닐까 추측을 하고 있습니다. 따라서 항암제나 항생제 등의 새로운 신물질 발견을 위한 의학적 연구의 대상이 될 수 있습니다.

혹시 모르지요. 제주 바다의 연산호에서 인류를 불치병에서 구할 위대한 연구가 탄생할지. 새로운 신약이 만들어질지. 아름다운 제주 바다와 연산호를 위해 독자 여러분의 힘찬 응원 부탁드립니다.

그때는 이랬는데

서귀포 바다를 지키는
새끼를 품고 있는 당찬 호랑이
범섬 가슴 속에
기차를 닮은 산맥이 해협을 가로지르며 달리고 있다

그 앞자락에는
맨드라미 화려한 꽃들의 정원
노랗고 붉고 주황으로 분홍으로 자주로 빛나는 바다의 보물들
불어오는 바람에 꽃잎을 활짝 열고 있다
폴립 폴립 폴립들의 춤사위

들리는가
자리돔 주걱치 벵에돔 멸치 전갱이
온갖 생명들의 활기찬 노래가

보이는가
황금으로 치장한 나팔돌산호
영롱하게 반짝이는 거품돌산호

느낄 수 있는가
삼별초의 깃발
저 감태들의 불굴의 기상을

크리스마스트리 벌레

꽃갯지렁이

바닷속에도 화려한 크리스마스트리 장식들이 있답니다. '크리스마스트리 벌레'라 불리는 갯지렁이의 일종인 꽃갯지렁이입니다. 이들은 바다 깊은 곳에 있는 커다란 돌산호나 뇌산호에 붙어서 산답니다. 이들은 어릴 때 산호의 머리 부분에 조그만 구멍을 뚫고 들어가, 폴립들을 밀어내고, 그 자리에 칼슘이 많은 분비물로 딱딱한 튜브를 만들어 튼튼한 보금자리를 마련하며, 조금씩 성장해 간답니다.

　이들이 크리스마스트리 벌레라 불리는 이유는 튜브 바깥으로 들락날락하는 나선형 깃털 모양의 한 쌍의 아가미 왕관 (crown) 때문이랍니다. 최대 크기는 2.5센티미터 정도이지만, 그 모습과 색상은 이 세상 것이 아닐 것 같은 생각이 들 정도로 신비하고 예쁘답니다. 이 아가미 왕관은 플랑크톤과 산소를 섭취하기 위해 튜브 바깥으로 내어놓은 것인데, 다이버들이

사진을 찍기 위해 가까이 다가가거나, 살살 물살을 일으켜보면 재빨리 튜브 속으로 숨겨버립니다. 얼마나 민첩하다구요.

제임스 카메론 감독의 영화 "아바타"에서 자유롭게 걸을 수 있게 된 제이크가 숲속을 뛰어다닐 때, 튜브 속으로 쏙쏙 숨던 생물체들이 바로 이들의 아바타랍니다.

나는 개인적으로 하느님이 이 세상에 만드신 동물 중에 가장 아름다운 생명들이라 생각합니다. 한국 생물학자들도 갯지렁이라 부르기 미안한지, 이름 앞에다 꽃을 붙였고, 외국 학자들은 아예 크리스마스트리 벌레라 명명한 것을 보면 제 생각도 그리 틀린 것은 아닐 듯합니다.

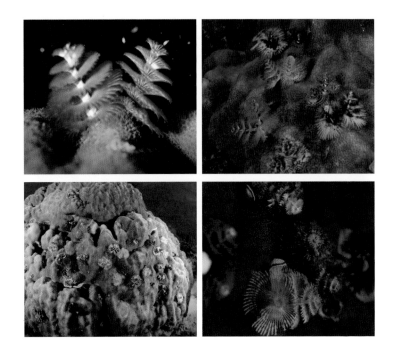

　코로나 때문에 힘든 시간을 보내고 계시는 많은 친구 여러분들, 한 해 동안 수고 많으셨습니다. 지나간 것은 훌훌 털어 버리고, 착하고 아름다운 것들만 기억하시고, 가난한 이웃들과 연약한 생명들과 함께할 수 있는 복된 성탄 맞이하시길 기원합니다. 메리 크리스마스!

꽃갯지렁이

바위를 닮은 산호
숨죽여 가만히 지켜보고 있으면
이윽고 불꽃놀이가 시작된다
살며시 소리도 없이

선운사 꽃무릇 닮은
저 부끄럼 많은 아이

푸르고 붉고 노랗고 하얀
형언할 수 없는 저 아름다움

크리스마스의 축복이 바다에 가득하다

오랜 친구

 # 해면

네모 바지 스폰지 밥

바다 친구 스폰지 밥

우리 친구 스폰지 밥

스폰지 밥~

내 친구~

혹 기억나시나요? 2000년대 초반부터 텔레비전에서 인기를 끌었던 만화영화 "스폰지 밥". 미국의 원폭실험을 풍자한 해저도시, 비키니 시티를 배경으로 한 블랙코미디 애니메이션의 유쾌하고 발랄한 주인공. 오늘 이야기의 주인공은 바로 이 친구, 온몸에 구멍이 숭숭 뚫린 해면(sponge)이랍니다.

해면의 가장 큰 특징은 스펀지처럼 구멍이 숭숭 뚫려 있다는

것이지요. 그래서 물을 품을 수 있기 때문에, 고대 그리스, 로마 시대 이전부터 물주머니, 탐폰, 수세미 등의 용도로 사용되었죠. 이러한 이유로 이때부터 상업 잠수가 시작되었답니다.

해면은 지구에 살고 있는 다세포 동물 중에서 가장 원시적이고 하등한 동물입니다. 이들보다 더 원시적인 동물은 세포 하나로 이루어진 단세포 동물밖에는 없습니다. 진화 및 계통발생학적으로 보면, 지금 인류의 조상이 되는 셈이죠. 현재 지구의 바다와 호수에는 15,000종 이상의 해면이 살고 있으며, 그 형태와 크기, 색깔 등이 천차만별입니다.

해면은 근육, 신경, 소화계 등의 분화가 이루어지지 않았습니다. 입이 없는 대신 물이 들어오는 작은 구멍이 몸 바깥쪽에 무수히 많은데, 이것들은 미로처럼 얽혀 있는 미세한 관으로 연결되어 있습니다. 이 관의 벽에는 채찍 모양의 털을 앞뒤로 휘저어 물이 지나가게 하는 동정세포들이 있습니다. 이런 방식으로 자기 몸의 10배 이상의 엄청난 량의 물을 펌프질하여, 먹이입자와 영양분들을 다른 세포가 잡아먹게 합니다. 왜 해면이 동물인 이유가 이해되시죠? 해면은 항문이 없는 대신 물이 나가는 큰 구멍을 가지고 있습니다.

여러 종류의 해면 중에서, 유난히 길고 큰 출수공을 가진, 항아리해면을 저는 특히 좋아합니다. 좀 더 구체적으로 말씀드리자면, 바다 깊은 곳의 절벽에 거꾸로 매달려, 자신만의 독

특한 세계를 구축한, 하얀 눈빛의 매력적인 몸을 가진 항아리해면들이 제 친구들이죠. 나는 잠수를 갈 때마다 이들의 귀에 살짝기 나의 얼굴을 묻습니다. 그리고는 나의 비밀을 털어 놓습니다. 힘들었던 이야기도 하고, 나의 꿈에 대한 이야기도 합니다. 때로는 내가 쓰고 싶은, 쓰고 있는 '수중 시'에 대한 이야기도 합니다.

이 친구들은 늘 내 이야기에 귀를 쫑긋 열어줍니다. "그랬구나, 그렇구나, 조금 더 힘내라." 맞장구도 쳐 주곤 합니다. 단 한 번도 귀찮아하거나 낯붉히지 않는, 참 좋은 친구들입니다.

이런 내 친구들의 능력은 참으로 대단합니다. 이들에게서 얻은 마노알라이드라는 물질은 항염증작용이 있으며, 디스코더몰라이드는 항암제로 개발되었으며, 아라-A와 아라-T는 항바이러스 약물 전구물질로 사용되고 있습니다.

더 놀라운 것은 뛰어난 재생능력에 있습니다. 잘게 부수어, 채로 곱게 걸러 세포들을 하나하나 다 분리시켜 놓아도 일정한 시간이 지나면 다시 원래의 모습으로 돌아간다고 하니, 그 불사(不死)의 능력에 입을 다물 수밖에요. 두 손을 모을 수밖에요.

간혹 바다 깊은 곳에서 이들이 사랑을 나누는 모습을 보게 되는데, 그 또한 무척 신비합니다. 마치 은은한 향이 번지듯, 따스한 햇살에 아지랑이가 날리듯, 여기저기서 정자와 알들의 안개가 뭉실뭉실 피어오릅니다. 생명에 대한 경이, 환희, 축복이 가득한 바다입니다.

"모두 잠수 준비 / 네 선장님! / 안 들린다 / 네! 선장님!! / 우~ 와우~." 네모네모 스펀지 송이 들려옵니다. 내 아이들과 함께 불렀던 묘한 중독성이 있던 그 노래.

황금빛 태양이 불타는, 정열의 여름바다가 우리를 기다립니다.

내 친구 스펀지

스펀지야 스펀지야
항아리 스펀지야

흘러버린 시간들에
그 고운 빛마저 바래 버리고
바위에 거꾸로 매달려 있구나

중년의 닥터 김
스펀지에 얼굴을 기대어
한참을 속삭인다

뭐라고 말하는 걸까

지난밤에 보았던
철철 흐르던 눈물

아 그렇구나

너의 마음 넉넉한 곳에
그의 아픔을 담아주었구나

그 오랜 시간 동안
기도하고 있었구나

낚시하는 개구리

 # 씬벵이

십오 년 전 일인데요. 바다에서 처음 이 아이를 만난 그날 밤, 꿈속에서 아기처럼 아장아장 나를 따라오던 기억이 아직도 선합니다. 이 아이는 일명 낚시하는 물고기, 걸어 다니는 물고기로 유명한 씬벵이인데, 지느러미가 개구리 다리를 닮아서 그런지 영어로는 프로그피시(Frogfish)라고 불립니다.

정확히 말씀드리면, 조기강/아귀목에 속하는 씬벵이과 물고기입니다. 지중해를 제외한 열대와 아열대 바다에 살며, 전 세계적으로 40여 종 이상이 알려져 있으며, 제주도와 남해안 연안에도 일부 종이 발견되고 있습니다.

이 아이들은 주위 환경에 따라 몸의 색깔과 무늬를 바꿀 수 있는 위장술의 대가들입니다. 어떤 아이들은 단 몇 초 만에 즉각적으로 바꾸며, 어떤 아이들은 며칠에 걸쳐 서서히 바꾼다

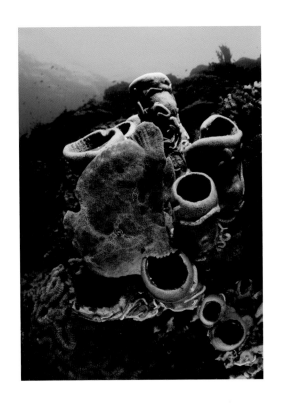

고 합니다. 제가 처음 본 아이는 노란색이었는데, 그 후에 주황색 아이도 보았습니다. 그 외에도 빨강, 녹색, 흰색, 검정색 등 다양한 색상과 무늬를 가진 아이들이 있는데, 주의를 기울여 집중하여 찾아보지 않으면 결코 발견할 수가 없습니다.

씬벵이는 평소 바다에서 헤엄을 잘 치지 못해, 가슴지느러미와 배지느러미를 사용하여 바다 밑바닥을 걸어 다닙니다. 이 지느러미 모습이 개구리 다리를 닮았는데, 생존을 위한 진화의 결과입니다. 가끔 위기 상황을 만나면 가슴지느러미 뒤쪽에 있는 출수공(出水孔)으로 물을 쏘아, 그 추진력으로 신속히 벗어나기도 한다고 합니다.

씬벵이는 주로 산호나 해면에 딱 붙어 주위 환경에 녹아들 정도로 위장한 채 거의 움직이지 않으면서 가만히 먹잇감을 기다립니다. 낚싯대에 미끼를 달아 흔들면서요. 왠 낚싯대냐구요? 등지느러미가 변하여 가늘고 긴 낚싯대 모양의 일리시움(illicium)이 되었고, 이 끝에는 미끼처럼 보이는 에스카(esca)가 달려있는데, 이를 살살 흔들면서 먹잇감을 유혹하는 거죠. 먹잇감이 사정거리에 들어오면, 갑자기 입을 보통 때의 12배 이상 크기로 벌리는데, 이때 상상도 하지 못할 정도의 흡입력이

발생하게 되어 순식간에 먹이를 빨아 삼켜버립니다. 그 속도가 엄청난데요. 무려 천분의 6초 만에 일어나는 일이라고 합니다. 지구에 사는 동물 중에서 가장 빠른 움직임이라고 하는군요. 이런 느림보에게 이런 놀라운 능력들이 숨어 있다니 정말 신비하고 놀랍지 않으세요? 저는 절로 고개가 숙여집니다.

씬벵이

개구리를 닮아 일명 프로그피시
몸 색깔을 자유자재, 변신의 귀재

바닷속을 슬금슬금 걸어 다니다
문득 배가 고프면 가만히
눈과 눈 사이 낚싯대 끝에 달린
가짜 미끼를 살래살래 흔든다

끈질긴 기다림
먹이가 걸려든 순간
그 큰 입을 벌려 순식간에 삼켜버린다

놀라지 말라
이는 무려 천 분의 6초 만에 일어나는 일
지구별 생명 중 가장 빠른 속도

바다의 보배가 품은 생명들

 # 왕돌초

동해 깊은 속살의 또 다른 태백산맥인 후포퇴, 그 위에 위치한 바다 밑 봉우리들인 '왕돌초'를 소개하려고 합니다. 개인적으로 동해에 있는 다이빙 포인트 중에서 가장 좋아하는 곳이기도 합니다.

경북 울진과 영덕 해역에는 해안에서 20여 킬로미터 떨어진 곳에 후포퇴라는 물속 언덕이 남북으로 길게, 마치 산맥처럼 위치하고 있습니다. 후포퇴에서 수심이 가장 얕은 지역이 왕돌초가 위치한 지역인데, 왕돌초 동쪽으로는 대륙사면이 이어지면서 깊어지고, 서쪽으로는 후포 분지로 이어지면서 깊어집니다. 왕돌초는 가장 북쪽에 위치한 셋잠, 중간에 위치한 중간잠, 남쪽에 위치한 맞잠이라는 세 개의 해산 봉우리로 구성되어 있습니다. 중간잠에 왕돌을 대표하는 왕돌등대가 세워

져 있습니다.

　이 후포퇴, 왕돌초 지역에서, 남쪽으로부터 온 따스한 난류와 북쪽에서 온 찬 한류, 깊은 바다로부터 온 용승류 등이 만나 부딪히기 때문에, 영양분과 플랑크톤이 매우 풍부하고, 따라서 이 지역은 한반도 해양생물의 보고가 되는 곳입니다. 가끔 돌고래 떼와 방어 떼, 참치 떼 등을 만날 수 있는데, 참으로 놀랍고 멋진 순간들입니다. 왕돌초 봉우리 주위로 넓게 펼쳐진 다양한 암반들 사이사이에는 돌돔과 볼락 무리, 쥐치, 문어 등이 숨어 있으며, 곳곳에 자리돔 무리와 멸치를 포함한 여러 종의 치어 무리 등을 볼 수 있습니다. 물론 암반 아래, 위에는 여러 가지 해초류와 전복, 소라, 성게, 홍합, 우렁쉥이, 바다나리, 부채뿔산호, 산호붙이히드라 등이 살아가고 있습니다. 우리 바다의 보배가 품은 귀한 생명들이죠.

간혹 내가 바다에서 만난 나의 형제들과 함께 이 바다의 깊은 곳을 같이 잠수할 때가 있습니다. 우리는 그 푸르름 속에서 그 옛날 꽃을 물고 노래하던 소년들처럼 조류를 타며, 덩실덩실 행복한 춤을 춥니다. 이럴 때는 꼭 화랑이 된 듯합니다. 마치 장쾌한 태백산맥, 금강송 숲속을 함께 말을 타고 달리는 기분. 호연지기가 따로 없습니다. 동해 깊은 곳에는 누구도 범접하지 못할 그런 기개(氣槪)가 숨겨져 있습니다.

세상을 살아가면서 이러한 형제들을 만날 수 있게 허락하신 바다가 참 고맙습니다. 나의 바다 형제들이여. 늘 건강하고 행복하게 다이빙하시고, 바다를 사랑하는 마음 늘 한결같기를.

왕돌 등대

동해 먼 바다 망망대해
나 홀로 서 있는 외로운 아이

그 아래
깊은 숲에서
오랜만에 다시 만난
바다가 맺어준 나의 형제들

홍합들이 반갑다고
입 벌려 노래하고

수면의 멸치 떼들
황홀한 춤사위

경철이 형은 대장답게 어두운 바닥을 탐색하고
내 친구 성순이는 연신 셔터를 누르고
동생 세화는 고향바다 폐그물을 걷어내고
게으른 나는 그저 가슴 속에 시를 새기고 있는데

쟤들 뭐하지?
아름다운 돌돔 무리
우리에게 눈길을 거두지 못한다

동해 바다
그 푸름 속에서

우리 모두는
자기만의 꿈을 꾸고 있다

이 아름다운
행성에 잠시 들른 늘 푸른 소년들

밤바다 깊은 곳

산호초 숲의 친구들

밤바다. 무언가 모를 신비가 담겨있는 곳.

   칠흑 같은 어두움 속에서, 또는 달빛 아래에서 출렁거리는 물결 소리가 들려오면, 나는 그 깊은 곳으로 내려갑니다. 수면에서의 긴장과 젖은 감각은 곧 잊어버리고, 나는 바다의 일렁거림과 한 몸이 됩니다. 손전등의 빛 속에서 살아 움직이는 수많은 생명체들을 봅니다. 아, 나는 혼자가 아니구나. 이윽고 손전등을 꺼봅니다.

   어둠 속에서 조그마한 별들이 반짝입니다. 다이아몬드 섬광처럼 빛나는 낯선 우주가 펼쳐집니다. 손을 비벼봅니다. 야광충들의 세상. 태양처럼 빛나는 아이들도 있고, 혜성처럼 달리는 아이들도 있고, 먼 은하의 안개인 양 희미하게 내 눈을 현혹하는 아이들도 있습니다.

   이윽고 눈을 감아봅니다. 온전한 나만의 우주에서 나만의

유영을 합니다. 몸과 마음 그리고 영혼까지 평안해집니다. 생
텍쥐페리의 야간비행에 나오는 파비앵이라도 된 듯, 폭풍 구
름 위의 평화를 느낍니다. 제가 야간다이빙을 좋아하는 이유
입니다.

　산호초의 밤은 적막과 공포로 시끌벅적합니다. 어린 물고기
들은 일찍이 자신들의 보금자리로 숨어들어 휴식을 취하려 하
지만, 곰치와 상어를 포함한 포식자들은 지금부터 활동을 시
작합니다. 그 중 백기흉상어로 알려진 흰지느러미암초상어의
사냥 솜씨는 일품입니다. 탁월한 감각으로 먹잇감을 찾아내
면, 하얀 나비 리본으로 장식한 날개를 이용하여 독수리처럼
날아 순식간에 먹이를 낚아챕니다.

일명 걸어 다니는 상어라 불리는 에폴렛상어는 썰물 때 산호초 위를 가슴과 골반 지느러미로 걸어 다니는 것을 볼 수 있는데, 그 걷는 모습이 한 잔 마신 후 유유자적, 시선(詩仙)을 닮았습니다.

앵무새를 닮은 앵무고기 중 일부 종(Queen parrotfish)은 잠을 자기 전, 입에서 점액을 분비하여 자신의 몸을 투명한 막으로 감쌉니다. 포식자에게 냄새를 감추고, 접근할 때 그 진동으로 재빨리 알아챌 수 있는 방어막인 것이죠. 고운 산호가루를 자고 있는 아이의 머리 위에 뿌려보면, 보이지 않았던 막이 짠하고 나타납니다. 마법의 순간입니다.

덩치가 거의 일 미터 이상 되는 버팔로피쉬는 밤이 되면 깊은 바다의 얕은 동굴이나 바위 밑에서 잠을 자는데, 두려움 없

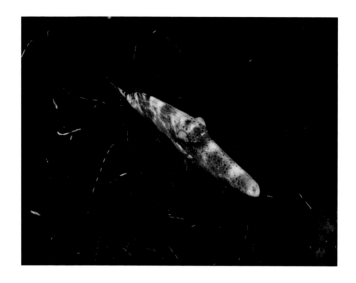

이 여기저기 곤히 자고 있는 모습을 보면, 여름날 열심히 일한 후 그늘에서 한숨 곯아떨어진 순박한 시골 농부를 연상시킵니다. 이들은 낮 동안 죽은 산호를 갉아먹고 소화하여 깨끗한 산호모래를 배설하여 바다를 정화하는 참 부지런한 바다의 농부거든요.

산호들은 지역에 따라 다르지만, 보름달이 살짝 이지러진 밤바다 속에서 일제히 알과 정자를 뿜어냅니다. 바닷속 하늘에 핑크빛 눈이 내리는 듯, 오렌지색 생명들이 뽀글뽀글 피어오르죠. 호주 대보초에서 일어나는 산호들의 사랑은 우주정거장에서 관찰될 만큼 지구에서 가장 거대한 규모라고 알려져 있습니다. 아쉽게도 이제 대보초의 산호가 상당수 파괴되어 이런 광경은 볼 수가 없습니다.

파롤로웜(Palolo worm)이라 불리는 바다갯지렁이는 번식하는 방법이 매우 독특합니다. 일 년 중 어느 특별한 날(아마도 달의 주기에 맞추어 보름 근처)이 되면, 바다 깊은 곳에서 허리 부분이 잘라져 몸이 둘로 나뉩니다. 후반의 꼬리 부분은 생식세포와 눈을 가진 완전한 새로운 개체가 됩니다. 이 후반부만 밝은 빛을 따라 수면으로 헤엄쳐 올라온 후, 수십만 마리가 한데 엉켜 춤을 추며 알과 정자를 배출합니다. 신비롭고 장엄한 광경입니다. 이들 속으로 뛰어들어 밤바다 속에서 같이 춤을 추던 그때를 지금도 잊지 못합니다.

어둡고 낯선 세계. 그러나 거기에는 신비와 경이와 생명과 시, 그리고 자유가 숨 쉬고 있습니다. 나를 유혹하는.

야간 다이빙

별이 반짝이는
밤바다
수심 십 미터 아래

가만히 떠서
물결에 몸을 맡겨
흔들리고 있다

이윽고
랜턴을 끄면

잊고 있던 감각들이
꿈틀거린다

얼굴을 스치는 무수한 야광충들

고개 들어 하늘을 보면
창공에 빛나는 은하의 물결

고개 숙여 심연을 보면
빨려들 듯 포근한 끝없는 어둠

눈 지그시 감으면
온 몸을 관통하는 명징한 음성

너는 살아있구나

너는 자유롭구나
너는 아름답구나

부모의 마음

 # 타이탄트리거피시

혹시 바닷속에서 큰 고래나 상어에게 공격받아본 적이 있나요? 가끔 듣는 질문입니다. 대답은 아직 한 번도 없습니다. 그러나 성인 팔 길이 남짓한 물고기에게서 공격을 받아본 적은 있습니다. 아주 집요하게요. 나를 공격한 그 주인공은 '바다의 깡패'로 오해받고 있는, 타이탄트리거피시(Titan trigger fish)입니다. 스쿠버 다이버들은 한 번쯤 쫓겨 본 경험이 있는, 아주 용맹무쌍한 물고기입니다.

잘 보존된 상치산호 숲으로 이름이 높은, 팔라우의 울룽 채널에서 잠수를 할 때였습니다. 아직 잠수를 배운 지 얼마 되지 않아, 해양생물에 대한 지식이 별로 없었을 때입니다. 산호모래를 모아서 만든 둥근 성 모양의 둥지 위에 낯선 물고기 두 마리가 있길래, 반가운 마음에 별 생각없이 다가갔습니다. 둥지 위에 다다른 순간 갑자기 저에게로 다가와서 그 무시무시한 이빨을 들이대었습니다. 가까스로 피한 후, 수면 쪽으로 도망을 가는데도 여전히 달려들었습니다. 오리발로 겨우 막아내며 한참을 벗어나니, 그제야 공격을 멈추었습니다. 그 당시 사용하던 오리발에는 아직도 물린 영광의 상처가 남아 있습니다.

이 친구들은 붙임성이 적어, 평소에는 다이버들을 피하는데, 산란기가 되면, 알과 둥지를 지키려고 공격적으로 변합니다. 어떤 물고기보다 강한 모성애와 부성애가 죽음을 무릅쓰게 만드는 것이지요. 둥지 근처 일정 영역 안으로 들어가면 공격이 시작되고 집요하고 무섭게 달려듭니다. 이들의 영토는 둥지를 중심으로 위로 향한 원추형 모양인데, 당황해서 수면 쪽으로 도망가면 이들의 영토가 더 넓어져 공격을 당해내기가

더 힘들어집니다. 따라서, 이들의 공격을 피하려면 조용하고 신속하게 옆으로 물러나야 합니다. 다이버들이 해양생물에 대하여 깊은 공부를 해야 하는 이유를 아시겠죠.

타이탄트리거피시는 마름모꼴 몸매를 가지며, 갑옷 같은 비늘로 덮여 있습니다. 머리는 뾰족하게 각이 잡혀 있으며, 눈은 머리 뒤쪽에 툭 튀어나와 사방을 다 볼 수 있어 적의 공격을 미리 알아채고 피하는데 유리합니다. 최대 75센티미터까지 성장한다고 알려져 있으며, 성게나 갑각류, 조개 등이 주된 먹이입니다. 간혹 강력한 턱 중앙의 4개의 거대한 이빨로 산호를 부수어 와작와작 씹어 먹기도 하는데, 곁에서 그 소리를 들으면, 소름이 끼칩니다.

이들의 이름에 방아쇠(trigger)가 들어가는 이유가 궁금하시죠. 이 친구들은 적의를 느끼거나 산호초 구멍에서 쉴 때는, 평소에 등의 홈 속에 감추어 두었던 제1등지느러미의 가시(첫 번째와 작은 두 번째의 두 개의 가시로 이루어짐)를 꼿꼿하게 세웁니다. 이를 다시 숨기려면, 작은 두 번째 방아쇠 모양의 가시를 먼저 내려놓아야, 큰 첫 번째 가시가 내려간다고 합니다.

어류학자들의 관찰력과 상상력 시인 못지않죠. 나의 귀한 친구인 성순이도 해양생물학을 전공해서 그런지, 사진이 무척이나 사실적이고 아름답습니다. 어느 정도 경지에 이르면, 과학과 예술도 서로 통한답니다.

타이탄트리거피시

모래와 자갈로 이루어진
화산 분화구 모양의 둥지

커다란 트리거피시 두 마리
후우 후욱
연신 알들에게 산소를 불어넣고 있다

순간 갑자기
수중 카메라를 향하여 돌진

갑옷으로 무장한 마름모꼴 몸매
꼿꼿하게 세운 등 가시
턱 가운데 무시무시한 창을 닮은 네 개의 이빨
부리부리 노려보는 툭 튀어나온 두 눈

급히 몸을 빼 보지만
오리발을 물고 놓질 않는다

미안 미안
나도 모르게 너무 가까이 갔어

옆으로 얌전히 조금씩 물러나니

그제야
조심해

내 집과 내 새끼 근처에 얼씬도 하지 마

산호 이야기

부채산호·회초리산호

산호는 동물일까요? 식물일까요?

정답을 말씀드리면, 산호는 감각기관이 없는 원시적인 형태의 자포동물(刺胞動物)입니다.

원래는 나무 모양으로 생긴 산호들을 보고 식물인줄로 알았다고 합니다. 독일의 프레드릭 윌리엄 허셜(1738~1822)이라는 생물학자가 현미경으로 관찰한 결과, 산호에는 식물세포가 가지는 세포벽이 없다는 사실을 알아냈고, 촉수로 다른 생물들을 잡아먹는다는 사실이 밝혀지면서 동물인 것이 확인되었습니다. 그러나 종류에 따라 다르지만 몸속에 공생조류를 키움으로써 식물의 특징인 광합성을 하여 엄청난 규모의 산소를 만들어내 지구 생태계 유지에 결정적 역할을 합니다. 마치 땅 위의 나무와 풀 같은 식물처럼 말이죠. 비록 동물이지만 식물의

역할도 한다니 정말 대단한 생명체입니다.

산호의 종류로는 크게 육방산호류와 팔방산호류가 있습니다. 산호는 폴립들이 모여 군체(群體)를 이루어 하나의 개체가 됩니다. 이 폴립에 촉수가 여섯 개가 있거나 6의 배수의 촉수가 달린 산호가 육방산호인데, 돌산호, 뇌산호, 뿔산호 등을 포함하는 대부분의 경산호들이 여기에 해당됩니다. 딱딱한 외부 골격을 가지고 있기에, 거대한 산호초를 만드는데 중요한 역할을 합니다.

폴립 하나에 여덟 개의 촉수가 달린 팔방산호류에는 연산호와 고르고니안(Gorgonians)이 있습니다. 연산호는 부드러운 육질 속에 골편 조각으로 몸을 지탱하는데, 그 아름다움과 화려함에 바다의 꽃이라 불립니다. 우리 제주 바다의 세계적인 자랑거리들이죠.

고르고니안에는 크게 씨팬(Sea fan)과 씨휩(Sea whips)이 있는데, 군체 중심에 단단한 골격의 축이 있으며, 바깥은 좀 더 부드러운 껍질(rind)의 형태로 이루어진 것이 특징입니다. 둘 다 수중사진 작가들이 무척이나 좋아하는 피사체들이지요.

씨팬은 부채산호라 불리는데, 한 평면상에 그물 모양의 가지를 쳐 부채 모양을 이루는 것이 특징입니다. 깊은 바닷속에

서 검푸른 심연을 배경으로 절벽에 단단히 매달린 거대한 크기(3~4미터)의 이 친구들을 만나면, 탄성을 넘어 경외감이 밀려옵니다. 간혹 이들의 품속에 안겨 있을 때는, 그물에 갇혀버린 듯한 공포, 혹은 나는 그저 잠깐 스쳐 지나가는 잔상, 혹은 그림자란 생각이 들 때도 있습니다.

　이들은 대개 조류가 강한 바닷속 절벽에 단단히 뿌리를 내리고 살아갑니다. 색깔은 전체적으로 선홍색인데, 촉수를 펴고 있는 경우에는 분홍색 또는 옅은 선홍색으로 보입니다. 내

친구 성순이와 빠른 물살이 흐르는 바닷속 절벽 협곡에서 사진 작업을 하던 때가 생각납니다. 사진을 찍은 사진작가도 힘들었겠지만, 수중 모델 역시 쉽지가 않았습니다. 그때 찍어 준 사진들은 제게 평생 잊을 수 없는 인생샷이 되었습니다.

씨휩은 다른 이름으로 회초리산호라 불립니다. 이 친구들 역시 조류가 강한 지역에 살고 있는데, 8개의 촉수를 가진 하얀 폴립을 펴서 플랑크톤을 잡아먹습니다. 조류가 약하거나, 다이버가 건드리면 폴립을 닫는데, 이때의 모양이 꼭 가느다란 회초리나 커다란 꽃술을 닮았습니다. 저 개인적으로는 나를 돌아보는 경구(警句)로 삼고 있습니다. 돌아올 회(回), 처음

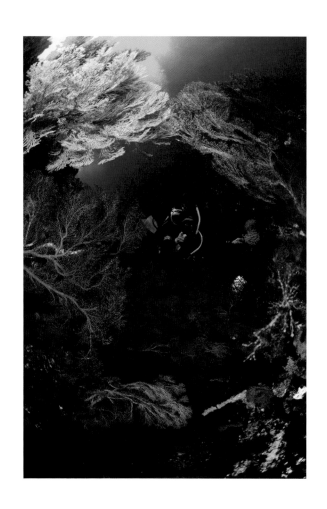

초(初), 이치 리(理). 본연의 모습, 처음으로 돌아오라. 어디에 있든지, 어떤 상황에 놓여있든지.

　바닷속에는 이처럼 나를 돌아보게 하는 귀한 순간들이 종종 있습니다. 얼마나 고마운지요.

부채산호

깊은 바다 절벽 사이
화려하게 손을 펼친
선홍색 부채들

그물에 갇힌 나
그저 하나의 피사체, 잔상일 뿐

너 자신을 잊지 마라

회초리산호

자주색 꽃술
파르르 떨다

휘익~짜악

초심으로 돌아가라

바다에 핀 장미꽃

멍게

멍게. 서울말로는 우렁쉥이. 쌉쌀하고 짭조름하며, 무언가 모
르게 스멀스멀 밀려오는 상큼한 바다의 향기. 한 잔의 소주와
함께하면 부러울 것이 없는 찰떡궁합의 맛. 봄의 입맛을 돋우
는 주인공입니다.

추워서 더욱 맑고 고요한, 2~3월의 바닷속에는 멍게꽃이 활짝 핍니다. 무리 지은 앙증맞은 들장미들도 있고, 여신의 입술처럼 활짝 핀, 탐스러운 붉은 꽃들이 나 보란 듯이 그 화려함을 자랑하는 아이들도 있습니다. 우리 바다의 장관입니다.

이 아이들은 유생기에는 살과 뇌, 신경, 척삭 등을 가지고 있지만, 성체가 되어 정착 생활을 하면, 이 모든 것을 소화 시켜 버립니다. 그 결과, 상큼한 바다의 향기가 만들어지는 것이지요.

이들은 척삭이 척주가 되는 척추동물로 진화하는 전 단계에 있기 때문에, 과학자들의 관심을 받고 있으며, 역사상 일곱 번째로 유전자 지도가 그려진 동물이 되었습니다. 한 술 더 떠 이들은 식물 유전자를 받아들여 셀룰로오스를 만들어내는 놀라운 능력을 보유하고 있기도 합니다. 진화도 창조의 일부라 믿는 저는 바닷속에서 이 아이들을 만나게 되면, 그냥 저절로 고개가 숙여지더라구요. 물론 물 바깥에서는 그 맛에 고개가 숙여지지요.

멍게꽃

파아란 바다 깊이
탐스러운 장미들이
꽃을 피웠다

여신의 입술인양
울긋불긋
아름다운 홍조

뇌와 살을 녹여 만든
바다의 향을 잔뜩 머금고 있다
인고의 세월을 가슴에 품고 있다

멀고 희미한 진화의 비밀을
애간장이 녹은 품속에 감추고 있다

영생불사

해삼

해삼은 바다의 신선입니다. 자연 상태의 바다에서는 장생불사도 가능할 것으로 추정됩니다. 화석 연구에 의하면, 약 5억 년전에 지구에 처음 나타났다고 합니다. 이 신선들은 입을 잘라내어도, 항문을 잘라내어도 약 45일 후면 다시 재생됩니다. 심

지어 반으로 나누어 놓으면, 짠하고 두 마리의 개체로 재탄생
됩니다. 적이 나타나면, 내장을 다 토해내고 도망가는데, 그
래도 시간이 지나면 내장도 완벽하게 재생되는 것이 실험으
로 확인되었습니다. 나무처럼 나이테가 있는 것도 아니어서,
지금의 인간 한계로는 해삼 개체의 정확한 나이를 알 수 없다
고 합니다. 이러한 어마무시한 재생력은 아마도 작고도 정밀
한, 무수히 많은 골편을 가진 껍질에 있을 것이라 추정은 하고
있지만, 아직 정확히 밝혀진 것은 없습니다. 제 개인적인 생각
으로는 그 신비는 그대로 바다의 영역에 영원히 묻혀 있었으
면 합니다.

　해삼은 참 부지런하기도 합니다. 삼천 여 개의 발로 바다 밑
바닥을 기면서 온몸으로 바다를 청소하는 착한 생명체입니다.

바다 밑바닥에서 발견한 해삼의 똥을 만져보면, 그 부드러움이 비단결 같습니다. 해삼의 아름다운 마음씨를 느낄 수 있습니다. 그래서 하늘이 장생불사의 선물을 이 신선들께 내리신 것인지도 모르겠습니다.

해삼

그 많은 다리로 바다 밑을 긴다고
우습게 보지 마라
너는 겨우 두 다리로 오십 년을 고만고만
나머지는 비실비실 잘라져도 도려내도
다시 사는 이 신선은 영원불사 바다의 내 친구
그 삶의 끝을 모를 우주의 신비
네가 버린 똥을 삼켜 그 똥을 새롭게 하니
참으로 아름답고 착한 농부 아니더냐
그 이름 그대로 깊은 바다
진귀한 보물 생명 살리는 보배로운 약

바다의 전갈

 # 스콜피온피시

수영장에서 잠수를 배운 후, 처음 바다로 나갈 때 선생님께 하신 말씀. "바닷속에서는 자기 장비 말고는 무엇이든지 절대 만지지도 말고, 접촉하지도 마세요."

초기에는 그것이 무엇을 뜻하는지, 왜 그런지 명확히 알지 못했죠. 당연히 해양생물은 무서워 만지지도 못할 것이며, 더구나 독이 있는 히드라나 말미잘, 해파리 등은 당연히 피해야 한다는 것쯤은 상식이니까요.

어느덧 20년이 넘게 잠수를 하다 보니, 해양생물로 인한 다양한 상해를 목격했습니다. 가장 흔하며 대표적인 것이 해파리에 쏘이는 것입니다. 히드라의 촉수에 쏘이는 경우도 가끔 보았구요. 성게 가시에 찔리는 경우도 적지 않습니다. 가장 심각한 것은 스콜피온피시의 가시에 쏘이는 것입니다.

스콜피온피시(Scorpion fish)는 쏨뱅어목에 해당되는 물고기이며, 그 종류는 무척 다양합니다. 그러나 이들은 거의 공통적으로 여느 물고기와 구별되는 특징을 가지고 있습니다.

첫째는 위장술의 대가들입니다. 해저 암반 위에 누워 미동도 없이 먹잇감을 기다리는데, 자세히 보지 않으면 알아챌 수가 없습니다. 마치 암반에 널려있는 돌이나, 부러진 산호처럼 보이거든요. 회색, 갈색, 붉은색, 오렌지색, 초록, 검정 등 온갖 색상으로 주위 환경과 차이가 나지 않게 교묘하게 위장해 버립

니다. 오랜 경험을 가진 잠수 강사들도 알아챌 수가 없을 때가 많은데, 하물며 초보들은 말할 것도 없겠지요.

　두 번째 특징은 등지느러미에 있는 가시에 무시무시한 독을 가지고 있다는 것입니다. 가시에 찔리게 되면, 경험자의 말을 빌리자면, 곧바로 타는 듯하며, 대못으로 찌르는 듯하며, 망치로 내려치는 듯한 통증을 느끼게 됩니다. 통증의 정도도 엄청나 차라리 팔과 다리를 잘라 버리거나, 죽어 버렸으면 할 정도라고 합니다. 이 통증을 없앨 수 있는 유일한 방법은 마취밖에는 없습니다. 즉, 찔린 부위 주위에 국소마취제를 주사하거나, 아예 전신마취에 사용하는 진정제 및 마약성 진통제가 필요하니까요. 물론 갑작스런 쇼크로 인한 죽음이 없을 때 해당

되는 이야기겠지요.

사실, 제 선생님 말씀처럼 짝 다이빙과 함께, 잠수에서의 안전을 보장하기 위한 가장 중요한 요소입니다. 호기심과 자만심, 무지를 이기는 유일한 것은 겸손과 배려, 끊임없는 배움이란 것을 잊지 말아야겠습니다.

스콜피온피시

잘 보지 않으면 찾을 수 없는 아이
자세히 보면 비로소 보이는 아이
한참을 보면 신비하고 놀라운 아이

다윈 아치, 평평한 코랄 리프 위
씀뱅이목, 위장술의 대가
어딘 가에서 꼼짝도 없이 먹이를 노리고 있다

커다란 머리와 입
상대를 노려보는 툭 튀어나온 눈
여러 장식으로 치장된 울긋불긋한 피부

다이버들이여
날카로운 등가시를 조심하라
죽음보다 더한 고통이 찾아오리라

무서운 독을 가진 바다의 전갈

3

바다를 살려주세요

제 친구들을 지켜주세요

 # 대왕쥐가오리

세브란스 병원 수술장 입구에는 제 친구가 찍은 커다란 대왕쥐
가오리 사진이 한 장 걸려 있습니다. 마치 곡예를 하듯 날개를
펄럭이면서 우아하게 수중제비를 도는 멋진 사진인데요. 가만
히 보고 있으면 저도 모르게 두 팔을 벌려 날갯짓 하는 흉내를
내고 있습니다. 그런데 말입니다. 이렇게 날갯짓을 하고 나면
마음이 착 가라앉으며 평온해지는 것을 느낄 수 있습니다. 그
래서 나만의 마음 수련법을 만들었습니다.

그 방법을 소개합니다. 누워서 해도 좋고, 일어서서 해도 좋
고, 앉아서 해도 좋습니다. 우선, 두 눈을 꼭 감고, 한없이 맑
고 푸른 바닷속을 상상하며, 조금씩 깊이깊이 내려갑니다. 그
다음에는 내 자신이 한 마리 대왕쥐가오리가 됩니다. 가슴지
느러미를 천천히 천천히 펄럭입니다. 8초간 숨을 내쉬면서 팔
을 내리고, 4초간 숨을 들이쉬면서 팔을 들어 올립니다. 숨을

들이쉴 때는 플랑크톤이 많은 바닷물을 잔뜩 마신다고 생각하고, 내쉴 때는 짜고 쓴 소금물만 내뱉는다고 생각합니다.

　나는 한 십 분 정도 이렇게 하면, 어느새 스트레스, 화, 고민 등도 함께 빠져나간 것을 느낍니다. 평화, 고요만 남습니다. 간혹 곡조 없는 노래도 웅얼거립니다. "화가 잔뜩 날 때도 짜증 가득 할 때도 / 두 눈을 꼬옥 감고 날개를 좨악 펴고 / 들이쉬고 내쉬고 들이쉬고 내쉬고 / 나는 나는 푸른 바다 만타 가오리" 동요 같죠? 어때요? 여러분. 같이 한 번 해보시죠.

　대왕쥐가오리는 매가리오목, 쥐가오리과, 쥐가오리속에 속하는 가장 거대한 가오리의 한 종입니다. 보통 '만타'라고 부르는데, 이는 스페인어로 넓은 담요를 뜻하지요. 아마도 4-5미터에 이르는 가슴지느러미, 큰 날개 너비 때문에 그러한 이름이 붙여지지 않았나 생각됩니다. 알려진 바에 따르면, 날개 너비 최대 9미터, 추정 몸무게 최대 3톤 정도 되는 아이도 발견되었다고 합니다. 이들은 보통 등은 검은색, 배는 흰색이며, 등과 가슴지느러미 끝에는 하얀 무늬가 있는데, 개체마다 다르다고 합니다. 입 양쪽에는 한 쌍의 머리지느러미가 있는데, 플랑크톤 등의 먹이를 입 안쪽으로 모아들이는 역할을 하는 것으로 추정됩니다.

이 아이들은 거울 검사(mirror test)를 통과한 유일한 어류로 알려져 있습니다. 거울에 비친 자기 자신을 인식하고, 관찰하

는 지능이 아주 높은 어류라는 것이지요. 실제로 바다에서 만났을 때, 적의가 없다고 판단되면 다이버들에게도 친근하게 다가오는 참 착한 물고기입니다. 그래서인지, 멸종 위기에 놓여 있는 안타까운 생명이기도 합니다. 인간의 탐욕이 얼마나 무서운지요.

저는 이 아이들이 참 좋습니다. 그들과 같이 푸른 바다를 맴돌며, 같이 호흡하고, 같은 춤을 출 때, 한없는 자유를 느낍니다. 마치 우리가 오래된 친구처럼, 보기만 해도 즐겁고 행복합니다. 이들이 없는 바다. 정말 상상이 되지 않습니다. 제 친구들을 지켜주세요. 사랑하는 여러분.

수양(修養)

마음이 조급해지거나
화가 나려고 할 때는

너울너울 춤을 춘다

두 눈 지그시 감고
팔 벌려 날개 펴고
큰 숨 들이쉬고
길게 내쉬고

너울너울 하늘을 난다

깊고도 푸른 바다
한 마리 만타가 된다

팔라우에서 사라진 아이

나폴레옹피시

우리 모두에게는 그리운 이를 차마 못 잊어, 갈 때마다 마음이 아픈 장소가 몇 군데는 있지 않을까 생각이 듭니다. 나에게는 서태평양의 빛나는 보석, 팔라우의 산호초, 블루코너가 그러한 곳입니다.

십여 년 전, 이곳에서 처음 잠수를 할 때였습니다. 나를 향해 다가오는 커다란 물고기 한 마리에 마음을 온통 빼앗겨 버렸습니다. 2미터는 됨직한 웅장한 몸매, 나폴레옹 모자 모양의, 툭 튀어나온 혹을 가진 이마, 두툼한 입술, 하늘을 닮은 듯, 초원을 닮은 듯, 녹색과 파란색의 무늬가 신비롭게 어우러진 현란한 자태. 내가 누구인지 궁금하다는 듯 작은 눈망울을 굴리며 가까이 왔다. 멀어졌다. 그렇게 우리는 서로를 한참 동안 지켜보고 있었습니다.

　헤어질 시간이 다가왔습니다. 조금만 더, 조금만 더, 작별을 고하고 상승할 때 얼마나 서운했는지 모릅니다. 그 후로 이 친구를 만나기 위해 거의 매년 팔라우를 방문했습니다.

　그런데 말입니다. 5년 전에 갔을 때 이 친구가 보이지 않았습니다. 현지 다이버 마스터에게 물어보니 청천벽력 같은 소식을 들었습니다. 작년 10월부터 갑자기 사라졌다는 것입니다. 아무래도 누군가에게 몰래 죽임을 당했거나 산 채로 잡혀갔을 거라는 겁니다. 서럽고 분했습니다. 어떻게 그럴 수 있냐고, 가슴을 치고 탄식했습니다. 다정하고 친밀한 이 바다의 순둥이, 나폴레옹피시를.

청산나트륨(sodium cyanide) 어획이라고 들어보셨나요? 처음에는 수족관용 물고기를 산 채로 포획하기 위해 시작되었으나, 그 후에는 식용을 위한 물고기 포획에 더 많이 사용되었다고 합니다.

홍콩과 타이완을 비롯한 동남아 해산물 식당에서는 나폴레옹피시나 큰 그루프 등이 비싼 값에 팔리고 있습니다. 특히 살아 있는 대형 나폴레옹피시는 정력에 좋다고 하여, 그 값이 수천 불에 이른다고 합니다. 그러하니 독극물인 청산나트륨을 이용한 불법 어획이 태평양과 인도양 각지에서 지금도 은밀히 자행되고 있다고 생각합니다. 청산나트륨 용액을 스프레이 통에 담아 산호초에 숨어 있는 물고기 근처에 분사하면, 물고기가 숨을 쉬지 못해 기절하게 됩니다. 이를 건져 맑은 물에 일정 기간 두면, 극히 일부만 살아남습니다.

이 살아남은 물고기가 인간이 먹기에 안전한 것은 결코 아니겠죠. 이렇게 인간들이 어리석습니다. 또한 청산나트륨은 그 독성이 워낙 강해, 해당 산호초 주위에 있는 어리거나 작은 물고기, 산호 폴립, 각종 수정란 등이 모두 죽게 되어, 그 일대는 초토화가 됩니다. 결국 그 피해는 고스란히 그 지역의 주민들과 생태계에게 돌아가게 됩니다.

2015년 중국 텐진항 폭발 사고 때, 청산나트륨 500톤이 사라졌는데, 그 주위의 바다와 강은 주검으로 가득했다고 합니다. 다이나마이트 폭파 어획, 저인망 어획 등과 함께 꼭 근절해야 할 어획 방법입니다. 살생에도 지켜야 할 도리와 법도가 있다는 사실을 잊지 말아야 합니다. 잡는 사람이나 먹는 사람이나.

청산나트륨 어획

산호초 숲이 정글을 이루던 바다
매년 만나왔던 정다운 친구, 나폴레옹피시
사라지고 없다
어디로 갔을까
여기 터줏대감인데
여기 저기 색깔을 잃고 죽어버린 산호 군락들
음산한 죽음의 그림자

작년 시월부터 보이지 않았어요
누군가 밤에 몰래 와
기절시켜 산 채로 잡아갔을 거예요
외국에 팔면 큰돈이 되거든요

이 탐욕
이 잔학
이 무지

입술이 파르르 떨리고
눈물이 피잉 돈다

하늘이시여
인간들이여

샤크 피닝

망치상어

최근 코스타리카 코코스 섬을 다녀왔습니다. 이 섬은 코스타리카 연안에서도 550킬로미터 정도 떨어져 있어 꼬박 36시간 이상 배를 타야 겨우 도착할 수 있는 동태평양의 외로운 섬이죠. 망치상어 떼를 볼 수 있어 다이버들이 정말 가고 싶어하는 곳입니다.

 여행 중 이틀째 되는 밤에 이상한 꿈을 꾸었습니다. 제가 한 마리 망치상어가 된 것입니다. 친구들과 깊은 바다를 유유히 헤엄치고 있는데, 그만 낚시에 걸려버린 거예요. 입천장에 낚시 바늘이 꽂혀 너무나 아파 저항도 제대로 할 수가 없었지요. 배 근처 수면까지 끌려가니 무시무시한 갈고리가 내 몸속에 박혔어요. 나는 참을 수 없는 고통에 몸을 뒤틀었지만, 배 위로 던져질 수밖에 없었지요. 잠시 후, 날이 시퍼렇게 살아있는 큰 칼이 나의 지느러미들을 하나, 둘 자르기 시작하였습니다. 꼬리지느러미 속으로 파고들 때는 너무나 아파, 그만 기절하고 말았습니다.

이윽고 깨어나 보니 내 몸은 깊은 바닷속으로 잠겨가고 있었습니다. 온몸의 피는 다 빠져나갔고, 헤엄을 치려고 해도 할 수가 없었습니다. 숨을 쉴 수가 없었습니다.

태평양 서쪽에 있는 내 고향이 생각났습니다. 나의 부모와 나의 형제와 나의 아내와 나의 아이들이 떠올랐습니다. 그것도 잠시, 나의 의식은 몽롱해지고, 나의 몸뚱어리는 저 깊고도 푸른 태평양의 심해 속으로 사라져 갔습니다. 소스라쳐 일어나 보니, 온몸은 식은땀으로 축축했습니다. 더 이상 잠을 이룰 수 없어, 갑판 위로 나갔습니다. 별이 보이지 않는 밤바다에서

너울과 함께 일렁이다가, 나는 그만 복받쳐오는 슬픔에 목 놓아 울고 말았습니다.

상어의 지느러미를 잘라내고 산 채로 그 몸통을 바다에 던져 버리는 야만의 어획 방법을 샤크 피닝(Shark finning)이라고 합니다. 지느러미가 없는 상어는 고통에 울부짖다가 이윽고 바다 밑으로 가라앉아 익사하거나, 다른 포식자의 먹이가 되는 것이지요. 이 모든 것이 아무런 영양가도 없고, 중금속으로 오염된 젤라틴 덩어리로 만든 샥스핀 요리 때문이지요. 탐욕의 그 돈 때문이지요. 자료에 따르면, 매년 1억 마리에 가까운 상어가 상업적인 용도로 잔인하게 희생되고 있다고 합니다.

과도한 상어의 희생은 생태계의 교란을 초래합니다. 일부 지역에서 상어의 숫자가 급격히 감소하여, 그들의 먹이가 되는 가오리가 늘어나는 바람에, 인간이 식용으로 사용하는 조개류가 사라졌다는 연구도 있습니다. 국제적으로 샤크 피닝과 샥스핀 요리를 금지하는 법안들이 통과되었다고 하지만, 탐욕은 아직도 멈추어지질 않고 있습니다. 우리나라도 물론 예외가 아니겠지요. 호텔이나 유명 식당에서 샥스핀 요리가 버젓이 나오는 것을 보면요.

망치상어(Hammer head shark)는 우리말로는 귀상어라 부릅니다. 문헌에 따르면, 귀안(歸安)상어 또는 노각상어라고도 하지요. 이 상어는 머리 양쪽이 망치 또는 도끼 모양으로 툭 튀어 나와 있고, 그 끝에 눈이 달려 있습니다. 『자산어보』를 저술

한 정약전 선생이 이 부분을 보고 배의 멍에가 튀어나온 부분인, 귀안 또는 노각을 닮았다고 해서 붙여진 이름으로 추측됩니다. 또한 몸 전체의 크기는 4미터 정도가 되며, 헤엄치는 모습이 무척 아름다우며, 무리 지어 움직일 때는 묘한 신비감을 풍깁니다. 영화나 만화에서는 그 외모 때문에 악당으로 묘사되기도 합니다. 그러나 사실 매우 온순하고 겁이 많아, 다이버들이 지켜보고 있으면 잘 다가오지도 않습니다.

이 망치상어의 지느러미가 다른 상어보다 비싼 값에 팔린다고 합니다. 그래서 샤크 피닝의 대표적인 희생양이 되었고, 지금은 거의 멸종 상태가 되어, 갈라파고스나 코코스에 가야 무리 지어 돌아다니는 모습을 겨우 볼 수 있게 되었습니다.

우리가 살아가는 생태계는 그 속에 사는 생명들이 균형과 조화를 이룰 때에만 지속 가능할 수 있습니다. 이들을 위해 노래해 주세요. 이들을 위해 응원해 주세요. 이들을 위해 실천해 주세요. 환경을 지키고, 생명을 지키는, 작지만 위대한 움직임들을.

망치상어

납작하게 옆으로 돌출된 머리
그 양 끝에 달려 있는 360도 볼 수 있는 눈
미세한 생체전류를 감지하는 신비한 로렌치니 기관들
크고도 아름다운 날렵한 몸매
엘가의 행진곡에 맞추어 바다를 누비는 저 위풍당당 기세
늑대가 울부짖는 이 바다의 진정한 주인공들이다

너무 완벽하면 화를 입는 법
지느러미 맛이 좋아 샤크 피닝의 최대 희생자
인간의 야만으로 멸종 위기에 놓인 안타까운 친구들이다

바다가 죽어가고 있습니다

 # 플라스틱 쓰레기 섬

세계 곳곳의 아름다운 바다를 찾아다니며, 그 속에 있는 생명들을 만나고, 바닷속 풍경을 마음에 담아 시로 승화시킬 수 있는 것에 대하여 저는 항상 감사하는 마음으로 살고 있습니다. 또한 바다와 그 생명들로부터 많은 것을 배우고 있습니다.

그런데 요즘 바다에 갈 때마다 미안한 생각이 듭니다. 수면뿐만 아니라, 바다 깊은 곳에서도 플라스틱 쓰레기가 많이 발견됩니다. 산호에 붙어 있거나 수거 가능한 작은 크기의 쓰레기와 그물은 수거하여 나오지만, 말 그대로 '언 발에 오줌 누기'죠.

나의 경험을 조금 말씀드리면, 몰디브에서 그물에 목이 감긴 채 표류하는 거북이를 구조하여 치료한 적이 있습니다. 또한 동해안 작은 포구에서 항만 어구 제거 작업을 돕다가 도리어 제가 그물에 걸려 위험에 처한 적도 있습니다.

혹시 하와이와 캘리포니아 사이의 북태평양에 있는 거대한 플라스틱 쓰레기 섬에 대하여 들어보셨나요. 1997년 찰스 무어가 발견하였으며, 2011년 동일본 대지진 이후로 더욱 커져 지금은 한반도 7배 정도의 크기가 되었답니다.

추산하기로, 전 세계에서 매년 950만 톤 이상의 플라스틱 쓰레기들이 바다로 버려진다고 합니다. 치약, 세안제 등에 사용되는 마이크로비즈를 포함한 다양한 크기의 플라스틱 쓰레기들은 해류와 자외선에 의해 점점 잘게 쪼개어져서, 결국 직경 5밀리미터 이하의 미세 플라스틱이 됩니다. 비교적 큰 것은 새나 대형 어류, 거북이, 고래 등의 위장 속에 들어가 장폐색을 유발시켜 죽음에 이르게 합니다. 미세 플라스틱은 플랑크톤을 포함한 소형 어류에게 먹히고, 점차 먹이사슬에 따라 대형 어

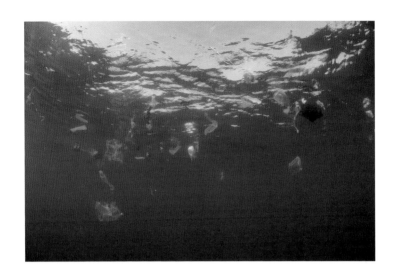

류에게로, 결국 인간에게 전달됩니다.

현재 우리가 먹는 다양한 해산물, 소금, 생수 등에서도 상당한 량의 미세 플라스틱이 포함되어 있다는 연구 결과들이 잇달아 나와 충격을 주고 있습니다. 폴리에틸렌, 폴리프로필렌, 나일론 등으로 만들어진 미세 플라스틱은 중금속을 포함한 주변의 유해 화학물질들을 끌어당겨 축적시킨 후, 먹이사슬을 통해 위로 전달하는 작용을 합니다. 결국 인체 내부에 차곡차곡 쌓인 중금속과 유해 화학물질들은 암 또는 유전 질환을 유발하는 원인이 됩니다.

현대 생활에서 플라스틱 제품을 사용하지 않는다는 것은 상상하기가 힘들겠죠. 그래도 시급히 법과 제도를 정비하고, 적극적으로 그 사용량을 줄여나가는 실천과 노력이 시작되어야 합니다. 일회용 빨대, 플라스틱 백, 일회용 음료수병 사용하지 않기 등 우리가 실천할 수 있는 방법은 생각해 보면 많을 것입니다. 세계 곳곳에서 시행하고 있는 에코백 캠페인도 훌륭한 실천 방안이라 생각됩니다.

나부터 오늘부터 당장 실천하도록 하겠습니다. 바다와 생명을 지킬 수 있는 행동들을. 따스한 봄입니다. 멋진 바다와 추억 만들 수 있기를 기원합니다.

이를 어찌해야 할까

큰 바다의 환류대 안쪽에는
거대한 쓰레기 섬들이 만들어져 있다

인간의 무지인가 죄악인가
매년 950만 톤의 플라스틱이 바다로 버려진다

그 중 3분의 1이 미세 플라스틱이다
이 중 3분의 2가 자동차 타이어가 마모되면서 나온다
이 중 3분의 1가량이 세탁할 때 나오는 화학섬유 부스러기이다
1% 정도는 화장품에서 나온단다
큰 플라스틱도 햇빛과 바람, 파도에 의해 잘게 부수어진다

플랑크톤이 이들을 먹고
어린 생명들이 또 이들을 먹고
더 큰 것들이 또 이들을 먹고
결국 우리가 이들을 먹는 것이다

그런데 이들 중 절반 이상은 미생물들의 정착지가 되어
심해로 가라앉아 우리의 죄만큼 독을 내 품고 있다

죽은 고래의 내장에서 부패한 새들의 위장에서
그 많은 플라스틱이 발견되어도
더 이상 놀라지 않는 우리

매년 암 발생이 증가해도 매년 기형아 탄생이 증가해도

눈도 깜짝하지 않는 우리

언젠가는
우리의 몸에 플라스틱이 가득 차
저 바다에 둥둥 떠다닐 때가
오지 않을까

해파리 호수

해파리

세계 곳곳의 바다를 찾아다니며, 아름다운 풍경과 그 속의 특별한 생명들을 만날 수 있어, 저는 늘 감사하는 마음으로 행복하게 살고 있습니다. 그러나 가끔 가슴 아픈 현실을 목격했을 때는, 쉬 잊지 못하고 오래도록 마음 한구석에 상처로 간직하기도 합니다. 오늘은 제 마음의 상처 중의 하나인, 팔라우의 신비로운 해파리 호수와 그 속에 사는 착하고 예쁜 해파리들을 소개하려 합니다.

팔라우는 필리핀의 남동쪽, 태평양에 있는 340여 개의 산호초 섬으로 구성된 아름답고 멋진 나라입니다. 기후가 따스하며, 해양생태 환경 및 경관이 무척이나 아름다워 신혼여행지로 각광을 받고 있으며, 우리나라와 가깝고 전세기가 있어 연중 한국 관광객들의 발길이 끊어지지 않는 곳입니다. 최근에

는 그 유명세가 널리 알려져 중국을 포함한 전 세계에서 온 관광객들의 수가 폭발적으로 증가하여, 호텔과 리조트 예약이 어려울 정도입니다.

지금은 아니지만, 팔라우의 온가이메 트케타오(Ongeim'l Tketau)섬에 가면 수백만 마리의 해파리가 햇빛과 식물성 플랑크톤을 따라 둥둥 떠다니는 모습을 볼 수 있었습니다. 촉수를 꼼질거리며 헤엄치는 모습이 얼마나 앙증맞고 귀여웠는지. 이 아이들은 몇 만 년 전의 지각변동으로 인하여 섬 속의 호수에 그만 고립되어, 오랜 시간에 걸쳐 바다의 여느 해파리와는 다른 종으로 진화해 버렸습니다. 그리하여 이 호수의 해파리들은 그 옛날의 무서운 독을 잃어버렸답니다. 그래서 사람들이 걱정 없이 이 아이들과 함께 수영도 하고 스노클링도 하며, 유유히 공존할 수가 있었던 것입니다. 독특하고 진귀한 경험이지요.

지나치면 화를 초래하는 법이지요. 팔라우 정부의 관광증진 정책과 맞물려, 천적이 없는 연약하고 착한 해파리들이 살고 있는 이 호수에 너무나 많은 관광객들이 몰려들었습니다. 자신도 모르게 오리발로 해파리의 깃과 촉수를 찢기도 하고, 손으로 만지기도 하고, 하얗게 바른 선크림과 오일로 호수를 점점 오염시키고 말았습니다. 급기야 2016년에 극심한 가뭄이 팔라우에 찾아왔는데, 이때부터 이 아이들의 수가 격감하고 말아 결국 관광객들의 호수 출입이 금지되었습니다. 그 후 팔라우 정부의 환경보호 노력과 국제사회의 협력으로 현재 해파리 수가 점점 늘어나고 있다고 하니 반가운 소식이 아닐 수 없습니다.

자연은 강한 것 같지만, 생각보다 연약한 부분도 많습니다. 그들이 피해를 입어 회복할 수 없을 때, 인간도 결국 같은 몰락의 길을 가고 말 것입니다. 우리가 자연을 존중할 때만 자연도 우리를 존중해 준다는 진실을 꼭 명심해야 하겠습니다. 참 보고 싶습니다. 이 예쁜 아이들이.

저 여린 것들을

신들의 정원
팔라우 록 아일랜드
온가이메 트케타오

푸르고 깊은 산 속 호수에
착하고 순한 해파리들이 모여 살았단다

만 년도 훨씬 머언 오랜 시간 전에
바다를 떠나 독이 뭔지 잊어버린
여리디 여린 생명들이
햇살 아래 춤을 추던 호수가 있었단다

사람의 손길이 뭔지
오리발이 뭔지
날개는 찢어졌고 촉수는 떨어졌고
독을 품은 몇몇은 깊고도 깊은 심연으로 사라져갔단다

만 년의 시간이
하루아침에 물거품이 되었단다

이렇게 모진 우리들에게
곧 다가올 미래는

도대체 도대체
어떤 것일까

결국, 인간이 문제

와비공상어

태평양의 여러 깊은 바닷속을 들어가 보면, 깊은 전쟁의 상처가 아직도 아물지 않은 것 같아 마음이 아프고 가슴 시릴 때가 간혹 있습니다. 필리핀 코론, 팔라우의 난파선 무덤 등이 대표적인 곳이죠. 저에게 가장 아픈 상처로 기억되는 곳이 있는데, 인도네시아 서파푸아 라자암팟의 북쪽, 뎀피어 해협(Dampier strait)에 위치한 케루피아 섬이 바로 그곳입니다.

이 해협은 2차 세계대전 당시, 일본군의 주요 수송로 중의 한 곳으로 전략적 요충지였고, 이 해협에 위치한 섬들에 일본군의 포대가 있었기 때문에, 미군의 공습이 집중되었던 곳입니다. 따라서 케루피아 섬의 윗부분은 파괴되어 거의 반이 없어져 버렸고, 바닷속에는 부수어진 수많은 바위 절벽과 파편들이 여기저기 흩어져 있습니다. 다행히 어머니 자연의 위대함으로 많이 복구가 되었다고는 하나, 갈 때마다 안타까운 마음은 어쩔 수 없습니다.

　오늘은 이 시의 제목인 와비공상어(Tasselled Wobbegong Shark)를 소개드리려고 합니다. 우리가 일반적으로 아는 상어와는 그 외모가 너무나 다르고 독특합니다.

　와비공상어는 카펫 상어의 일종인데, 성체는 1.5미터 정도까지 자랍니다. 테이블산호나 상치산호의 위 혹은 아래, 어두운 굴의 바닥 등에 주로 혼자 가만히 엎드려 있는 것을 관찰할 수 있습니다. 넓고도 둥근, 납작한 머리를 가졌는데, 머리와 아래

턱에 달린, 나뭇가지 모양의 24~26쌍의 피부 돌기가 특징입니다. 마치 길고 두터운, 덥수룩한 수염(shaggy beard)을 닮았는데, 최소 600만 년 이전으로 거슬러 올라가는 진화의 결과라고 합니다. 또한 소와 유사한 긴 꼬리를 가지고 있는데, 이 꼬리를 머리 위로 살래살래 흔들어 미끼인양 흉내를 내어, 먹이가 다가오면 순식간에 삼켜버립니다. 위협을 느끼면 특유의 기침하는 듯한 행동을 하여 적을 쫓아버리는데, 시골 할아버지가 곰방대를 피다가 '컹' 하고 가래 기침을 내어 뱉는 듯합니다.

　사람을 의도적으로 공격하지는 않습니다만, 간혹 철없는 다이버들이 꼬리나 몸을 만져보다가 물리기도 하는데, 이빨이 작지만 날카로워 큰 상처를 입을 수 있습니다. 호주 등지에서는 고기가 맛이 있어 피쉬&칩스로, 또 피부의 위장색이 아름

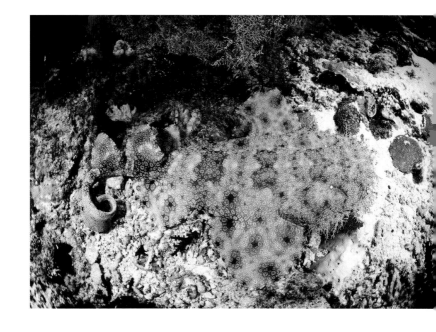

다워 가죽으로 가공되어 왔는데, 그 바람에 안타깝게도 멸종 위기에 있습니다. 바다를 다니다 보면, 인간인 것이 부끄러울 때가 간혹 있습니다.

와비공상어 1

뎀피어 해협
그 푸른 물살 위에
애처로이 떠 있는
조그만 아이 케루피아

이차대전의 폭격으로
머리의 반이 날아가 버린
너의 허리 밑에는
산호들이 아직도 그 상처를 지우고 있고
반짝반짝 아름다운 생명들이 연신 꽃을 피우고 있다

좀 더 아래에는 이름도 달콤한 Sweet lips 무리들
한껏 몸매를 뽐내고
제비활치 또한 트레발리 속으로 우아하게 춤을 춘다

놀라지 말라
더 깊고 어두운 바위 속 깊은 심연에는
하얀 눈 퓨마를 닮은 와비공상어
무뚝뚝하게 우리를 반기고 있다

정말 이렇게 말하고 있다
생명은 결국 폭력을 이겨낸다
이 운명이 내 뜻은 아니었더라도
이어지는 삶은 숭고해야 한다

바다는 원래 그런 곳이다

와비공상어 2

고대로부터 전해 온 전설의 할아버지

덥수룩한 나뭇가지 수염
커다란 입
돌꽃 무늬로 위장한 카펫 닮은 납작한 몸통

머리 위로 살래살래
미끼인양 꼬리를 흔든다

할아버지
왜 그러세요
점잖지 못하게

타박하는 나에게
커엉
기침을 날린다

어휴
죄송

4

바다에 도전하세요

바닷속으로

잠수는 어떻게 할까요

제가 잠수를 한다고 하면, 많은 분들이 묻습니다. 깊은 바다가 무섭지 않느냐고, 어떻게 바다 깊은 곳으로 내려가느냐고, 상어가 물지 않느냐고 등등. 그래서 잠깐 잠수하는 방법 또는 절차에 대하여 간단히 설명드리겠습니다.

우선 잠수를 하려면 깊은 바닷속으로 들어가야 되겠지요. 당연히 두려움이 생기죠. 이를 극복하려면 그냥 용기로만 되는 것이 아닙니다. 잠수와 바다에 대한 깊은 이해가 있어야 하고, 지속적으로 이에 대한 이론 공부를 해야 하며, 수영장과 얕은 바다에서 많은 실습을 해야 합니다. 그 중에서 가장 중요한 것은 바다와 바다 생물 앞에서 겸손해야 한다는 것입니다. 실제 잠수 사고의 많은 부분은 자신의 능력을 무시한 오만과 해양 생물을 포획하고자 하는 탐욕 때문에 일어나거든요.

잠수를 하려면 잠수복을 입어야 합니다. 잠수복은 일정량의 부력(물에 뜨고자 하는 힘)을 가지고 있기 때문에 이에 상응하는 납덩어리를 몸에 차고 숨을 천천히 내쉬면서 입수를 하게 됩니다. 수심이 깊어질수록 압력이 높아지는데요. 이 수압과 우리 몸속의 빈 공간(중이, 부비동 등)의 압력이 같아지도록 하는 압력평형 기술이 매우 중요합니다. 이를 제대로 수행하지 못하면 하강할 수가 없고, 억지로 계속하다 보면 고막이나 폐포(肺胞) 등이 파열되어 큰 사고로 이어질 수 있습니다.

순조롭게 하강하여 일정한 깊이에 도달하면, 이제 아래로 가라앉지도 않고 위로 떠오르지도 않는 중성부력을 유지해야 합니다. 그래야 비로소 자유를 얻게 됩니다. 중성부력은 공기

주머니가 달린 비씨 자켓과 호흡조절을 통해 얻게 되는데, 많은 경험과 연습이 필요한 것이지요. 나에게는 잠수가 영혼을 단련하는 또 하나의 공부입니다. 출렁거리는 수면에서 두려움을 달래고 입수합니다.

이제 깊은 바닷속으로 내려갑니다. 숨을 내쉬고 들이쉬고 하는 과정에서, 내 자신의 호흡을 선명하게 느낍니다. 수면으로 올라가는 내 숨의 거품 방울들을 두 눈으로 확인합니다. 이윽고 물속에서 떠오르지도 가라앉지도 않는 무중력 상태가 됩니다. 어느새 육지에 사는 나약한 나의 실체, 의식 깊은 곳의 나의 그림자는 보이지 않습니다. 마음의 눈이 열립니다. 비로소 모든 것들이 뚜렷이 보입니다. 하늘에서 내려오는 햇살, 머리 위에 출렁이는 물결, 나를 구경하는 물고기들, 아름답고 신비로운 산호들, 오랫동안 잠자고 있던 가라앉은 배들의 애잔한 모습.

아! 들립니다. 물이 흐르는 소리, 고래들의 노래 소리, 물고기들이 서로 속삭이는 소리, 산호가 흔들리는 소리. 마침내 나의 심연에 도착하였습니다.

중성부력

바다
그 깊은 곳에서
부력과 중력이 균형을 이루는 순간
가라앉지도 않고
떠오르지도 않는
완벽한 자유를 얻는다
비로소 하나의 생명으로서
바다와 하나가 된다

세상
이 넓은 곳에서
일과 휴식이 조화를 이루는 순간
조급하지도 않고
쓰러지지도 않는
참다운 평화를 얻는다
비로소 하나의 삶으로서
세상과 하나가 된다

그리하고
그리하다 보면

언젠가
이 광대한 우주 속에
고요히 떠 있는
자신을 발견하게 될 것이다

바다에 도전 한 번 해 보시죠

스킨 스쿠버를 배우는 과정

새로운 한 해가 시작되었습니다. 아마 많은 분들이 자기만의 새로운 무엇에 도전해 보려고 계획하고 있을 것입니다. 제 글을 읽고 시인 몇 분을 포함한, 친구 여러분들이 저에게 스쿠버 다이빙(SCUBA diving, 이후로는 '잠수'로 표기함)에 대하여 문의를 주셨습니다. 어떻게 하면 경험해 볼 수 있는지, 배울 수 있는지, 위험한 것은 아닌지 등 말이죠.

저는 잠수를 종종 운전에 비유합니다. 일단 운전이란 자체가 위험을 동반하고 있습니다. 그래서 처음 배울 때는 능숙한 강사에게 체계적으로 배우는 것이 거의 필수적입니다. 왜냐하면 운전 방법뿐만 아니라, 자동차에 대한 기본적인 이해, 도로 법규, 사고예방 조치, 응급조치 등 이론적인 부분을 먼저 익힌 다음, 실제 도로에서 운전하는 구체적인 기술들을 하나하나

배워야하기 때문입니다.

이렇게 도로 주행 후 면허를 따고 나면 비로소 운전을 시작할 수 있는 것이지요. 그 후에 도로에서의 경험이 쌓일수록, 자동차의 성능이 높아질수록, 점점 운전에 익숙해지고, 위험도는 감소하겠지요. 비로소 운전에 자신이 생기고, 창밖으로 보이는 풍경도 즐길 수 있겠지요.

잠수 또한 상당한 위험을 잠재적으로 내포하고 있습니다. 그래서 잠수 기술 습득은 물론, 일정 수준 이상의 이론적인 공부가 필요합니다. 저는 동남아 등의 리조트에서 하는 체험 잠

수는 별로 권하고 싶지 않습니다. 기왕 하시려면 며칠 동안만
이라도 전문가에게서 잠수 이론과 기술을 배운 후, 수영장에
서 충분히 연습을 한 다음, 잠수를 경험해 보시라고 권하고 있
습니다. 그렇다면 어떤 것들을, 얼마의 시간 동안 배워야 하는
가가 궁금하시죠?

　이해를 돕기 위해서, 내가 의대생들을 대상으로 열고 있는
잠수 및 잠수의학 과정을 간략히 소개합니다.

　먼저 잠수 이론에 대한 과정인데, 12시간으로 편성되어 있
습니다. 그 내용으로는 잠수 관련 물리 및 인체 생리학, 해양
생물 및 환경학, 잠수 관련 질병 및 구조와 응급조치 등을 포
함하는 잠수 의학, 잠수 장비와 그 사용법, 잠수 기술 등이 수

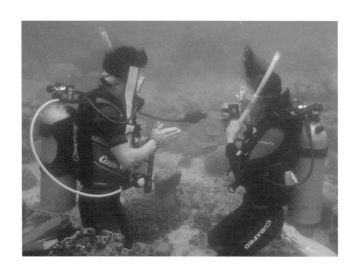

업 내용에 포함됩니다.

잠수 실습은 수심 5미터 풀장에서 이루어지는데, 총 8시간 정도 할애가 됩니다. 입수 및 출수, 수경 탈착과 물 빼기, 중성 부력 확보 및 방향 찾기, 안전한 상승 및 비상 상승 방법 등이 그 내용에 포함됩니다. 그 후 수심 20미터 정도의 바다에서 이틀 동안 4회 이상의 잠수를 이수하면, 가장 낮은 단계의 잠수 자격증을 수여합니다.

잠수도 하면 할수록 그 기술이 향상되고, 그에 따른 이론적인 공부가 지속된다면, 당연히 위험도는 급속도로 감소하겠지요. 그런 후에야 비로소 안전한 잠수를 즐길 수가 있는 것입니다. 비로소 바닷속의 아름다운 세상이 내 마음 속에 들어올 수 있는 것이지요. 그러나 내가 후배들에게 늘 강조하는 것이 있습니다. 절대 오만하지 말 것과 무리하지 말 것, 바다 앞에서 겸손할 것과 그 속에 깃들인 생명들을 사랑하라는 것입니다. 이는 의술을 행함에 있어서도 마찬가지이겠지요.

잠수에는 분명 어느 정도 위험이 있습니다. 그러나 열심히 공부하고 연습하고 지속적으로 즐긴다면 분명 안전하다고 말씀드릴 수 있습니다. 요즘에는 잠수를 가르치는 단체들이 상당히 많이 있습니다. 인터넷 검색을 해 보면 근처에서 쉽게 찾을 수 있을 것입니다.

사랑하는 친구 여러분, 올해에는 새로운 것에 대한 도전을 한 번 시도해 보면 어떨까요? 신비롭고 경이로운, 낯선 세계가 여러분들을 기다리고 있습니다. 여러분들의 삶에 바다의 생명력이 살아 꿈틀댈지도 모르죠. 저 초하가 응원하고 기원하겠습니다.

사랑은 운명

바다 아래
수심 오 미터
만다린 피시가 짝짓기 하는 그 곳

동굴 탐사를 끝내고
우리 둘 빙그레 눈이 맞았던 그 곳

무릎을 꿇고
비상호흡기를
번갈아 무는 연습을 한다

내 한 모금
자기 한 모금
둘이서 생명을 나누고 있다

내 삶에서
어떤 이가 나와 이럴 수 있을까

우리는
바다 밑에서
진한 입맞춤을 나눈다

아름다운 운명 그 자체가 된다

깨소금 냄새가 나는 바다

 # 곰치

스쿠버 다이빙의 원칙 중 가장 중요한 것은 '짝 다이빙'을 해야 한다는 것입니다. 아무리 완벽한 기술을 갖고 있어도, 장비 준비를 철저히 했더라도, 바다에서는 무슨 일이 일어날지 아무도 모릅니다. 그래서 자기를 지켜줄 수 있는, 또 상대방을 지켜줄 수 있는 짝(buddy, 버디)이 반드시 필요한 것이지요. 그 신뢰의 힘이 깊은 바다로 내려갈 수 있게 하는 원천이 됩니다. 이러하니, 서로에 대한 믿음과 사랑이 충만한 사람이 자신의 짝이 되면 더욱 좋겠죠. 오랫동안 함께 살아온 부부나 오랜 시간 만나온 친구 말입니다.

　다이빙 여행을 할 때, 가끔 이런 커플을 만나게 되면 저 역시 부럽습니다. 전주에서 오신 연세 지긋한 박 사장님 내외가 있었는데, 다이빙의 처음부터 끝까지 서로를 꼼꼼하게 챙겨 주십니다. 입수하기 전에 서로의 장비를 입혀 주고 점검해 주고,

서로의 눈을 보며 하강하며, 바닷속에서는 손을 꼭 잡고 유영
하고, 상승할 때도 그 애정이 눈부시게 아름답습니다.

마지막 다이빙 때로 기억됩니다. 물속에서 사진을 찍고 있
던 두 분 사이에 갑자기 찬바람이 부는 것 같았어요. 무슨 일?
걱정이 되어 가까이 다가가 보니, 산호초 구멍 속에 커다란 곰
치가 화가 난 듯 고개를 내밀고 이빨을 드러낸 채, 으르렁거리

고 있었어요. 아하! 짐작해 보니, 곰치 사진을 찍다가 박 사장님이 곰치를 화나게 했고, 이 곰치가 사모님을 깜짝 놀라게 했던 것이었죠. 그러나 그것도 잠시. 두 분이 손을 꼭 잡고 상승하고 계십니다. 천천히 천천히, 우아하고 아름답게. 깨소금 냄새를 풍기며 말입니다.

바닷속에서 곰치를 만나게 되면, 연신 입을 쩍쩍 벌리는 것을 볼 수 있습니다. 곰치의 아가미는 뚜껑이 없이 그냥 뚫려 있기 때문에, 입 안쪽 근육을 최대한 이용해서 산소가 있는 신선한 물을 뒤쪽 아가미로 보내야 하기 때문입니다. 결코 위협하는 행동이 아니죠. 그런데 가끔 다이버들이 이를 위협하는 행동으로 오인하거나 호기심에 건드려 보기도 합니다. 이건 정말 위험한 행동입니다.

곰치는 사실 입이 두 개입니다. 입 쪽 턱에 난 날카로운 이빨로 먹이를 낚아챈 뒤, 목구멍 쪽 턱(인두악)에 있는 이빨을 사용하여 식도 아래로 밀어 넣습니다. 또한 이빨 방향이 안쪽으로되어 있고 개수도 많기 때문에, 만약 손가락이 물렸을 때 억지로 당기면 상처가 더 깊어지고 심지어는 절단이 되기도 합니다. 이런 일이 생겨서는 안 되겠죠.

바닷속에서는 다른 생명체를 만지는 것은 절대 허락되지 않습니다. 바다의 다른 생명들을 존중하는 것. 같은 행성에서 살아가는 우리 모두의 덕목이겠지요. 아름다운 봄 바다의 정취와 향기를 전합니다.

곰치

곰곰이
아무리 생각해도
분명히 개구쟁이였을
천진난만 만년 소년 마린보이 박 사장님
산호 같은 꽃 소녀 지극정성 최 여사님

하필
이 멀고도 푸른 바닷속에서
티격태격 다투고 계신다

사실
알고 보면 호기심 많은 박 사장님
곰치 옆구리 한 번 건드려 보려다
사모님께 혼나고 있는 중이다

푸하하
바다 밑에서 이렇게 빠앙 터지기는 처음이다

어라
언제 그랬냐는 듯
다정히 손잡고 우아하게 상승하고 계신다

그래
적도의 깊고도 푸른 바닷속에는
이렇듯 깨소금 냄새가 솔솔 풍기고 있다

그래서
산호도 물고기도
저렇게 활짝 웃는 것이다

아름다운 이 행성이 준
크나큰 축복이다

꽃이 핀 겨울바다

멍게와 말미잘

잠수를 배우고 난 후, 처음 몇 년 동안은 매년 새해가 되면 동해로 물질을 갔습니다. 두꺼운 잠수복을 입고, 웨이트를 차고, 공기통을 메고, 호흡기를 물고, 여명의 새벽, 겨울 바닷속으로 뛰어 들어간 것이지요.

춥지 않냐구요. 물론 춥지만, 바다의 속살은 지상보다 훨씬 따뜻합니다. 진작 추울 때는 물 바깥으로 나온 이후입니다. 영하의 날씨와 살을 에는 바람 때문에 얼굴에 고드름이 얼 지경이지요. 사실 1월의 동해 깊은 곳에는 비로소 가을이 한창입니다. 편차가 있지만, 수심 15미터 정도의 수온이 영상 10-12도 정도였던 것으로 기억됩니다. 그래서 배 위에 있는 것보다 차라리 바닷속으로 빨리 들어가려고 서두르기도 했었지요.

몸을 바다에 담근 채, 새로운 태양이 떠오르기를 기다립니다. 수면에서의 일출은 바닷가에서 보는 것과는 또 다른 맛이

있습니다. 무척이나 신비롭고 경이롭습니다. 기도가 절로 나
옵니다.

　또한 이즈음의 바닷속은 시야가 아주 좋습니다. 폭우나 태
풍으로 인한 부유물의 발생이 거의 없어 20미터 이상의 깊이
까지 선명히 볼 수 있기도 합니다. 여름과는 달리 맑고 푸르고
깊이가 있어, 마치 새로운 바다에 온 듯한 착각을 일으키기도
합니다. 말미잘이 일제히 춤을 추고, 멍게가 붉은 꽃을 피우며,
평소 잘 볼 수 없었던 문어들도 심심찮게 볼 수 있습니다. 각
종 물고기들을 포함한 수많은 생명들이 역동적으로 살아가고
있음을 확인할 수 있습니다. 진정 내가 닮고 싶은 바다가 겨울
의 동해 속에 있습니다.

한동안 새해 잠수는 하지 않았습니다. 나이가 든 탓도 있지만, 호기심과 용기가 조금씩 무뎌진 탓이 큽니다. 나 스스로 다짐해 봅니다. 내년에는 잃어버린 호기심과 용기를 다시금 피워 보리라. 그리하여 겨울바다처럼 싱싱하고, 푸른 활기가 도는 시를 다시 한 번 써보리라 다짐해봅니다.

새해 다이빙

얼굴을 때리는 바람

기다려도
기다려도
해무가 가시질 않는다

설령
그래도 괜찮다

웨이트를 차고
공기통을 짊어지고
오리발을 신고
호흡기를 물고
수경을 쓰고

바다로 가자
뚜벅뚜벅
깊고도 푸른
저 심연으로 가자

우리는
다이버

하나님이 만드신
그 깊은 샘을 걷는

우리는

그냥
바다 그 자체가 되자

겨울바다 다이빙
아무나 꿈꾸지 못하는
새해 첫새벽의 찬란한 설레임

엄마의 손

난파선 다이빙

조용히, 경건한 마음으로 바다 깊은 곳으로 내려갑니다. 저 아래에 긴 몸이 가로누워 있네요. 숨을 멎은 지는 한참 오래. 정적만이 가득합니다. 가까이 다가가 보니 그녀의 몸은 온통 상처투성이. 녹이 슬고, 찢어지고, 깨어진 부분들이 여기저기 보입니다. 그 옛날 자랑스레 깃발을 나부끼던, 이제는 부러진 돛대(mast)가 보이네요. 조금 더 내려가 보니, 엔진과 선체 전체를 컨트롤하던 그녀의 심장부, 조타실도 보이고, 앞쪽으로는 파도를 막아 주던 현장(bulwark)과 갑판이 있고, 저 아래 바닥에는 돌고래처럼 물살을 헤쳐 나가던 벌브(bulbous bow)도 모래 속에 파묻혀 있네요. 그녀의 뒷부분으로 가보니, 힘차게 날갯짓하던 스크루는 사라지고 없고, 덩그러니 커다란 축(shaft)만 허전하게 남아 있네요.

　하지만 그녀 곁에는 셀 수 없는 많은 생명들이 살아가고 있
군요. 블랙코랄, 고르고니안을 포함한 여러 종류의 산호들, 해
면, 말미잘들, 그들을 안식처로 살아가는 퓨질리어, 유리물고
기, 꼬치물고기들, 그들을 쫓는 전갱이, 스내퍼들, 그리고 유
유히 산책하는 제비활치들. 아! 저기 악어물고기가 모른 척하
고 그녀의 품에 가만히 안겨 있네요.
　그녀의 살갗을 안타까이 만져보다가, 그 몸속으로 살짝 들
어가 봅니다. 온통 태초의 어둠입니다. 어디선가 유령의 흐느
낌처럼 먼 공명음이 들려옵니다. 뭔지 모를 공포가 스멀스멀

몰려옵니다. 랜턴을 켭니다. 부유물들. 그런데 자세히 보니, 살아 있는 작은 생명체들입니다. 플랑크톤 무리들. 어둠의 세계로 탐험을 시작합니다. 선실, 화물실, 엔진실 여기저기를 둘러봅니다. 당연히 위험할 수 있겠지요. 사람 사는 세상에서도 무릇 그렇듯이, 그녀의 몸속으로 들어가려면 많은 공부와 연습이 필요합니다. 사방이 막힌 곳이라 방향을 잃기 쉽습니다. 자칫 출구를 찾지 못하고, 그 속에서 영원히 방황할 수도 있습니다. 오랫동안 물속에 잠긴 몸이라, 녹이 슬고 상처가 많아 다이버의 몸과 장비가 손상될 수도 있고, 그곳에 있는 로프나 파이프 같은 장애물들로 인하여 밖으로 빠져나오지 못할 수도 있습니다.

이런 위험을 무릅쓰고 다이버들은 왜 굳이 이 속으로 들어가려고 할까요? 생명 때문이지요. 그녀는 그 몸 깊숙한 곳에 수많은 생명들을 키우고 있습니다. 상처 입은 거북이도 있고, 연약한 스내퍼들도 있고, 겁이 많은 악어물고기도 있고, 여리고 어린 생명들도 많이 숨어 있습니다. 깊은 물속에서, 처연하게 가로누운 이 가여운 몸이 이토록 많은 생명들을 키워내고 있다니. 그들을 따스하게 보듬고 있다니. 오! 내가 살아온 이 삶이 얼마나 보잘 것 없는지요.

나는요, 그 중에서 유리물고기를 가장 사랑합니다. 온몸이 투명한, 가시마저도 환히 보여주는, 천사를 닮은 저 작은 생명들. 이제는 녹슨 쇠뭉치, 그녀의 깊은 몸속에서 "괜찮아요. 괜찮아요. 내가 옆에 있을게요." 그렇게 다독거리고 있네요. 그렇게 엄마처럼 저 몸뚱어리를 위로하고 있네요. 저 처연한 모

습들이 결국 저를 울게 하네요.

이런 생각이 듭니다. 인생에서, 제가 어떤 누군가에게 잠시나마 포근한 위안이 될 수 있다면, 그렇게 옆에 있어 줄 수 있다면, 그것으로 내 삶은 이미 완성된 것이라는. 사랑은 같이할 때 비로소 빛나지 않을까요.

난파선

몰디브 깊은 바다
긴 몸이 뉘어져 있다

홀로 쓰러져 잠겨갔을 때
얼마나 무서웠을까

불을 밝혀
녹슨 몸 깊은 곳으로 들어가 보니

눈앞에 펼쳐진
투명한 세상
별빛으로 반짝이는 생명의 노래

가시마저 다 내어놓은
유리물고기 떼

얼마나 힘들었니

안쓰러운 그녀를 보듬고 있다

엄마처럼 도닥이며
지키고 있다

경사계를 찾았다

 # 슬픈 이로마루

어떤 생명이라도 지상에서의 삶을 마감하고 숨을 거두는 순간 은 참으로 장엄할 것입니다. 사람의 손을 통해 탄생한 후, 거친 바다의 온갖 풍파를 용감하게 헤쳐 나온 다음, 최후를 맞이하는 낡은 배의 그 순간도 다르지 않을 것이라 생각합니다.

팔라우 코롤 항에서 그리 멀지 않은 바닷속에 제2차 세계대전 때의 일본군 화물선인 이로마루(Iro Maru)가 잠들어 있습니다. 이 배는 1944년 3월 미군 잠수함의 어뢰 공격으로 침몰하였으며, 대포가 달려 있는 것으로 보아 화물선으로 위장한 군함일 가능성이 높은 난파선입니다. 길이는 140미터 정도, 폭은 20미터 정도, 배 후미 부분의 최대 수심은 40미터 정도 되며, 보존 상태가 비교적 양호한 것으로 알려져 있습니다.

이로마루를 처음 만난 때는 15년 전쯤으로 기억됩니다. 흐

린 시야와 열대바다라고 믿기지 않은 찬 수온, 그리고 많은 생명들이 죽어간 역사적 사실과 그로부터 유래된 스산한 분위기 때문에 하강하는 동안 긴장감이 가시질 않았지요. 이윽고 이로마루의 고독한 마스트가 보였고, 손전등을 비추어보니, 산호와 말미잘 그리고 해초가 뒤덮고 있는, 오래되어 낡고 녹슨 선체가 그 모습을 드러내 보였습니다.

밀려오는 두려움과 말로 표현하기 어려운 묘한 느낌 때문에 처음에는 난파선 속으로 들어갈 엄두를 내지 못했습니다만, 이왕 먼 곳까지 찾아왔기에 용기를 내어 이루마루의 몸속으로 들어가 보았습니다. 예상과 달리 많은 생명들이 숨 쉬고 있었습니다. 수많은 유리물고기와 어린 해파리들, 귀엽게 헤엄치는 갑오징어 새끼들, 이름 모를 돔들, 그리고 위장한 채 바닥에 납작 엎드려 있는 악어물고기 등등. 화물칸으로 보이는 조그마한 방에는 술병으로 보이는 유리병들과 그릇들이 가지런히 쌓여 있있고, 갑판 한쪽에는 두 지루의 소총과 깨어진 방탄모도 하나 보였습니다.

삶이 참 부질없구나 느껴졌었지요. 배와 함께 숨겨갔을 어린 병사의 모습에 한동안 먹먹했습니다. 나의 장인 어르신이 학도병으로 끌려가 팔라우 전투에 참전했었다는 이야기를 들은 바 있었기에 아마도 그 감정이 더 했을 것입니다.

　서서히 상승하여 조타실 근처에 가보니, 해양생물로 뒤덮여 있는 작은 단지 크기의 원통형 상자 하나가 눈에 띄었습니다. 계기판 유리가 아직도 멀쩡한 경사계(clinometer)였습니다. 선박에서 경사계는 매우 중요한 역할을 합니다. 배가 옆으로 기우는 횡동요 정도와 그 주기를 측정하여, 배의 적하상태 및 복원성을 예측하게 해주는 기계입니다. 즉, 배의 균형이 제대로 잡혀 있는지를 알려주는 측정 장비인 것이지요. 부산에서 조선공학을 전공할 때, "우리 모두 자신만의 경사계를 하나씩 가져야 한다", "균형 감각을 튼튼하게 만들고, 결코 복원력을 잃지 말아야 한다."라고 말씀해 주신 구조역학 교수님 생각이 났습니다.

　이루마루가 침몰해 갈 때, 아마도 선장과 조타수는 그 경사계를 뚫어지게 쳐다보고 있었을 것입니다. 한쪽으로 기울어 다시는 복원되지 않았을 그 바늘을 말이죠. 그 최후의 순간을 말이죠.

　나는 개인적으로 이 경사계가 보고 싶어 팔라우를 여러 번 방문했습니다. 그런데 5년 전에 가보니, 이 경사계가 보이지 않았습니다. 현지 스텝에게 물어보니, 누군가에 의해 도난당한 것 같다고 했습니다. 참 마음이 아팠습니다. 나에게 항상 삶에 있어서의 균형과 복원력을 속삭여 주던 좋은 선생님이었는데 말이죠. 그 이후에는 팔라우를 찾지 않았습니다.

　나는 아직도 나 자신만의 경사계, 혹은 균형추를 찾지 못했습니다. 여러분은 혹시 어떤 경사계 혹은 균형추를 가지고 계시는지요? 하긴 쉽게 찾을 수만 있다면, 인생의 길이 이렇게 험난했겠어요? 아니, 그 험난한 길을 흔들흔들 걸어왔는데, 아직 주저앉지 않은 것을 곰곰이 생각해보면, 보이지 않은 경사계 혹 균형추가 내 속에 작동하고 있었는지도 모르겠네요. 내 몸 아랫도리 중심에 갑자기 힘이 들어감을 느낍니다.

살며시

팔라우 코롤 근처
해저 40미터
스산한 분위기의
난파선 한 척이 잠들어 있어요

칠년 전 오년 전 삼년 전 찾아 갔을 때
조타실 근처에 분명 놓여있던
클리노메터 하나

배의 경사를 측정하던
내 삶의 균형을 잡아주던
작은 단지 크기 녹슨 기계

이제는 사라져 버렸네요

온갖 쓰레기는
잘도 버리더만

참 그악해요
인간의 끝없는 이기심

이럴 땐
다이버인 내가
진짜 진짜 부끄러워요

누군가

다시 제자리에 가져다 놓았으면

하얀 달 빛나는 밤바다 속에
아무 일 없었다는 듯이

마흔의 기억

 # 고래상어

내 나이 마흔을 갓 넘긴 그해 봄, 알 수 없는 불안과 무력감으로 좀처럼 일에 몰두할 수가 없었습니다. 제출 기간이 다가오는 연구 결과물, 연구비 경쟁, 버거운 진료와 교육 업무, 병원 보직자로서의 스트레스, 집안의 장손이며 두 아이의 아빠이자 한 여자의 남편으로서의 나. 과연 나는 누구인가? 지금 내가 제대로 된 길을 가고 있는 것일까? 기다리고 있는 나의 미래는 도대체 어떤 것일까? 말 그대로 '실존의 상실'이라는 거대한 늪에 빠져버린 것이지요.

이 무렵 우연히 사진에서 본 거대한 고래상어. 어디서 오는지, 어디로 가는지, 모든 것이 베일에 가려져 있다는 신비한 물고기입니다. 그 천진한 눈과 커다란 입 그리고 아름답고 우아한 몸은 나의 혼을 쏙 빼어놓았습니다.

며칠 동안 나의 뇌리 속에서 떠나질 않았지요. 이 생명을 한

번 볼 수만 있다면, 저 얼굴을 단 한 번만이라도 대면할 수 있다면, 혹 알 수 없는 이 모든 것들에 대한 답을 찾을 수 있지 않을까. 모든 것을 뒤로 미룬 채, 덜컥 휴가를 내고 고래상어를 만날 수 있다는 필리핀 세부 섬 모알보알로 떠났습니다.

현지어로, 거북이알을 뜻하는 모알보알은 세부 국제공항에서 남서쪽으로 세 시간 정도 울퉁불퉁 거친 길을 달려야 도착할 수 있는 한적한 시골 마을이었습니다. 지금은 많이 달라졌겠지만, 그 당시에는 다이빙 샵도 식당도 숙소도 몇 군데 밖에 없었고, 외국인들도 저를 포함해 몇 명밖에 볼 수 없을 정도로 조용한 시골이었습니다. 그러나 세계적으로 유명한 다이빙 포인터인 페스카도르섬이 인근에 위치해 있고, 고운 산호 가루로 만들어진 파낙사마 해변과 그 뒤쪽 정글 숲속에 위치한 원주민 마을 때문에 그 분위기와 풍광은 과히 천국과 같았습니다.

새벽닭 울음소리와 함께 안개 너머로 동이 터 올 때와 먼 섬 너머로 아득히 사라져가는 석양은 참으로 아름다웠습니다. 특히 저녁 무렵 해변에 뛰어 노는 개들과, 천진한 어린 아이들을 바라보고 있노라면 내 영혼도 맑아지는 듯한 느낌을 받았지요. 바다 아래의 풍경 역시 참으로 예쁘고 아름다웠습니다. 때 묻지 않은 아기자기한 산호 군락들, 형형색색 온갖 열대어와 물고기 떼, 거북이 무리들 등등.

그런데 정작, 그토록 보고 싶었던 고래상어는 며칠 동안 잠수를 했는데도 보지를 못했어요. 삼대에 덕을 쌓아야 볼 수 있다는 건 그때서야 알았습니다. 실망과 실낱 같은 바램, 절망이 교차하는 것은 당연한 일이었죠.

모알보알에 도착한 지 닷새째 되는 저녁이었습니다. 어느새 내일이 마지막 다이빙 날입니다. 해변에 앉아 소주를 마시며 석양을 보고 있었지요. 바다제비 어지러이 날고 있는 애처로운 저녁, 그 노을의 물결 위엔 소금쟁이 마냥 방카들만 떠 있는데, 한 소녀가 목걸이와 팔찌를 팔러 다가왔습니다. 한눈에 보아도 조악한 물건들. 낡고 남루한 옷, 꾀죄죄한 모습, 여리고 가여운 자태, 열 살 남짓 앳된 얼굴, 그러나 크고 순박한 눈동자. 한 개에 십 불이라는 말과 그 뒤에 쭉 서 있는 고만고만한 다른 아이들의 모습에 그만 고개를 젓고 말았지요.

숙소에서 밤새 뒤척거렸습니다. 하나 사 주지 그랬니. 참 가난하고 가련한 내 마음을 꾸짖었습니다.

다음 날 동이 틀 무렵이었습니다. 닭 울음소리에 선잠이 깬 나는 잠수 장비를 챙겨 스쿠버 샵 바로 앞에 있는 카사이 절벽으로 잠수를 하러 갔었습니다. 가끔 아침 일찍 그 절벽 깊은 곳으로 고래상어가 지나간다고 현지 다이버 마스터들에게 들은 적이 있었지요.

카사이 절벽 수심 십 미터 아래 거북이가 쉴만한 조그마한 동굴이 있었습니다. 거기에 가만히 앉아 가부좌를 틀고 고래상어를 기다렸습니다. 플랑크톤이, 해파리가 햇님의 온기를 따라 물속으로부터 솟구쳐 오르고, 멸치 떼와 전갱이 떼가 그 뒤를 따르고, 햇살은 바다 깊은 곳으로 곤두박질치는데, 나는 그만 깊고 깊은 생각에 빠져 있었던 모양입니다. 지나온 과거와 현재와 그리고 다가올 미래, 나이 마흔의 그 불안, 혼돈에 대하여 말입니다.

까마득하게 시간이 지난 것 같았습니다. 공기 잔압계 바늘이 거의 바닥을 가리키고 있으니, 이제는 올라가야 할 시간. 몸을 일으키는 순간, 그 거대한 현자가 나타났습니다. 크고 맑은

눈으로 쳐다보는 둥 마는 둥, 무심하게도 너무나 무심하게도
그냥 나를 스쳐지나 갔습니다. 놀랍고 두려웠던 나는 그만 그
깊은 물속에서 꼼짝할 수가 없었습니다. 눈물이 흐르고 또 흘
려 내렸습니다. 그 짧고도 안타까운 만남을 잊지 못하여 '정아'
라고 불러주었습니다.

세월이 많이 지났군요. 내 나이 마흔에 만난, 아직도 가슴 깊
숙한 곳에 각인되어 있는 그 어린 소녀와 고래상어 '정아'. 그
립고 많이 보고 싶습니다. 그 눈동자들이 눈에 선합니다. 아마
도 영원히 잊지 못하겠지요. 삶에는 그냥 스쳐지나 보내야 할
인연도 분명 있나 봅니다.

고래상어

내 나이 마흔
아름다운 땅
필리핀 세부섬
거북이알을 뜻하는
모알보알 그곳으로
고래상어를 만나러 갔다
불혹(不惑)의 나이가 뭔지를 몰라 허둥지둥 하던 차
사진으로만 만나던 그 신비로운 현자를 찾아갔다

동터오는 아침
카사이 절벽
바다 밑 수심 십 미터
나 홀로 기다린 지 한 시간 남짓

그 크고 순한 눈동자
순박한 모습
거대하고 우아한 자태
잠깐 스쳐 갔지만 영원한 각인

필리핀 세부섬
거북이알 같은
모알보알 그곳의
열 살 남짓
아리따운 소녀, 실비아

개들이 뛰어노는
산호로 만들어진 파낙사마 해변으로
그 가는 손으로 만들었을 목걸이와 팔찌를 팔러
나에게로 왔다

그 크고 순한 눈동자
순박한 모습
여리고 가여운 자태
잠깐 스쳐 갔지만 영원한 각인

애처로운 저녁
바다제비 날고 있는 석양의 물결 위엔
소금쟁이 마냥 방카들만 떠 있는데
이 무슨 간절함들인가
나는 이제 지천명(知天命)
실비아는 아마 꽃다운 묘령(妙齡)
뉘엿뉘엿 해가 지듯
스멀스멀 나이가 든
지금의 우리는
무엇을 찾았을까
무엇을 잃어버렸을까

고래상어는 아직도 카사이 절벽을 지나다니고 있을 터
모알보알은 거북이알을 품듯 실비아를 품고 있을 터
그런데
이순(耳順)으로 향하고 있는

나는 아직도
불혹(不惑)을 혹(惑)하며 회유하고 있는데
무거운 공기통을 짊어진 채
엄마의 자궁 같은 먼 바닷속을 헤매고 있는데
바다는 아무런 말이 없이
다만 그 깊고 푸른 침묵만 보여주고 있다

공기방울에 대한 명상

잠깐 눈을 감고 묵상 후, 파도가 일렁이는 바다 위로 몸을 풍덩 던집니다. 몸이 젖어옴을 느낍니다. 수경을 고쳐 쓰고, 다시 한 번 더 장비와 모니터를 확인한 후 깊은 바닷속으로 거침없이 내려갑니다.

젖은 몸이 느껴지지 않습니다. 이윽고 바다 밑에 도착합니다. 저는 주저없이 무릎을 꿇습니다. 두 손을 가지런히 모읍니다. 눈을 감습니다. 이 아름다운 세상에 초대해 주셔서 고맙습니다. 눈을 뜹니다. 새로운 세상에 잠깐 들른 나를 느낍니다.

참 아름답고 신비합니다. 여기에도 생명들은 땅 위 세상처럼 참 치열하게 살아갑니다. 쫓고 쫓기며, 먹고 먹임을 당하며, 미워하고 또 사랑하며, 태어나고 또 죽어갑니다.

이제 물 위로 돌아가야 합니다. 안녕. 아쉬운 마음을 뒤로 하

고 서서히 수면을 향하여 상승합니다. 공기방울들이 뽀글뽀글 올라옵니다. 저 밑에서는 작지만, 수면으로 갈수록 파르르 떨며 점점 더 커집니다. 나보다 깊은 곳에 있는 친구들이 내뿜은 숨이 거기에 들어 있는 것이지요.

위에서 공기방울들을 보면, 그 속에 친구들의 모습이 스며 있습니다. 마치 풍선 속에 갇혀있는 인형처럼 말이죠. 저것은 경철이 형 것, 이것은 세화 동생 것, 저것은 구 동생 것, 이것은 내 친구 성순이 것. 눈을 들어 하늘을 보면, 아! 저 위에 내 것이 있네요. 점점 커지면서 수면 쪽으로 가고 있어요. 이윽고 수면에 도착하면, 퍽 하고 터져 버리네요. 조금의 미련도, 주저함도 없어요. 우리의 삶도, 영혼도 아마 이러리라. 존재의 심연에는 이런 무심함이 자리잡고 있습니다.

나도 천상병 시인처럼 그랬으면 좋겠습니다. "아름다운 이 세상 소풍 끝내는 날. 가서 아름다웠더라고 말하리라."

거품

바다 저 깊은 곳에서
공기방울들이
힘겹게 힘겹게
올라와

파르르 파르르
떨면서
커지다가

수면 근처에서
퍽 하고 터지면서

소멸을 통하여
원래의 모습으로 돌아간다

함께 다이빙 여행을 다녔던 추억이 새롭다

스쿠버 다이빙 전문 여행사와 함께 잡지를 발행하고 있는 내가 김기준 시인을 처음 만난 곳은 2016년 봄의 전시장이었다. 갈라파고스 등 스쿠버 다이빙 전문여행 상품을 소개하는 스쿠버넷 트레블의 부스에 김기준 교수가 찾아왔다. 갈라파고스를 꼭 가고 싶다고 했다. 마침 갈라파고스를 가고 싶어 하는 사람들이 좀 있어서 그 자리에서 갈라파고스 투어 프로그램을 만들어 가자고 했다.

마침 안식년을 맞은 김기준 교수는 그때부터 멕시코 라파즈, 인도네시아 코모도, 라자암팟, 몰디브 등을 스쿠버넷 트레블의 투어에 적극적으로 참여하여 함께 스쿠버 다이빙을 다녔다.

리브어보드에서 새벽에 일어나 중국어를 공부하고, 수면 휴식 시간이나 밤에는 혼자 선데크에 올라가 바다를 보며 시를 쓰는 김기준 교수를 보며 무척 부지런한 사람이라고 생각했다.

함께 다닌 지 1년이 다 되어갈 즈음에 김기준 교수와는 막역한 친구가 되었고, 그동안 함께 여행하면서 쓴 시들을 스쿠버넷 매거진에 소개하기로 했다. 내가 촬영한 사진과 함께 말이다. 김기준 교수의 시를 보면, 함께 다이빙 여행을 다녔던 추억들이 생각나며, 그 시에 맞는 내 사진들을 쉽게 찾을 수 있었다. 그러다 보니 둘이 더 자주 함께 여행을 다니게 되었다.

김기준 교수는 시를 곁들여 '월간시'에 에세이와 함께 발표했는데, 역시 내가 촬영한 수중사진들을 함께 소개하였다.

그렇게 매달 꼬박꼬박 3년여 발표한 시와 수필들은 꽤 양이 많았다. 이를 책으로 묶으면 좋겠다는 김기준 교수의 의견에 적극적으로 호응하였다. 구슬이 서 말이라도 꿰어야 보배인 것이다. 김기준 교수 덕분에 가족들에게 줄 수 있는 멋진 선물이 만들어질 것 같다. 함께 여행을 다닌 것도 고마운데 이렇게 멋진 시와 수필과 함께 내 사진들을 살려 주니 고마울 따름이다.

2021년 이른 봄
스쿠버넷 트레블 사무실에서

최성순